Les Avrils
Groupe Delcourt
8, rue Léon-Jouhaux
75010 Paris
lesavrils@editions-delcourt.fr

www.lesavrils.fr

Pompières et pyromanes

Lettre en état d'urgence

Martine Delvaux

Les Avrils

Pour Élie, encore et toujours et pour la vie.

Pour Patrick, qui m'a convaincue de ne pas mettre le feu à ces pages.

Pour l'inconnu qui, sur un fil de discussion en ligne, a écrit à mon sujet : « J'ai l'impression d'une pompière pyromane. »

Let's call out their bullshit.

Greta Thunberg

Et maintenant, comment faire ? Comment vivre quand vivre semble insensé ? Comment espérer quand le temps est lourd et que l'horizon est bouché ? Comment continuer à respirer ? Comment continuer à rêver ? Comment continuer à écrire ? Pourquoi se battre quand la lutte semble perdue d'avance ? Que peut-on dire pour redonner confiance ? Que peut l'amour, mon amour, devant la fin du monde ?

Au moment de les sortir d'une écurie en feu, on jette une couverture sur la tête des chevaux. C'est pour prévenir des mouvements fous provoqués par la peur, et aussi le réflexe de retourner à l'intérieur.

Les chevaux, comme les humain·e·s, peuvent, à la suite d'un incendie, donner l'impression d'être en parfaite santé. Alors que parfois, à cause de l'inhalation de la fumée toxique, la mort tapie dans un coin surgit d'un coup pour emporter la bête qu'on pensait avoir sauvée.

Octobre 2019. En Californie, pendant l'incendie de Simi Valley, une jument, au moment où on la guidait vers une remorque pour l'éloigner du feu, s'est dégagée des palefreniers pour faire demi-tour et foncer vers le bas des collines enflammées. Une vidéo la montre en train de courir vers un poulain et un autre grand cheval, désorientés, perdus dans le chaos. La jument, du nom de Prieta, était la grand-mère du poulain âgé de deux mois et qui répondait au nom d'Onyx, le petit de sa fille, la jument Mona Lisa. Les chevaux et les juments, explique une palefrenière, partagent avec les humain·e·s cet élan instinctif qui les pousse à vouloir sauver les membres de leur famille.

C'est dimanche de Super Bowl, la soirée est finie, tout le monde est au lit. Deux parents, deux enfants, un chien. Le feu commence doucement autour du bouton d'une mijoteuse installée sur le comptoir de cuisine, directement sous la fenêtre. Il prend de l'assurance et court le long du fil électrique jusqu'à la prise de courant, attrape les rideaux, avance le long du plafond, prend la pièce au grand complet, puis toute la maison. Tout le monde dehors, il y a un feu ! Les flammes jaillissent des fenêtres pendant que les pompiers s'affairent, les habitants restent debout dans la rue, sidérés par la scène qui se déploie devant leurs yeux. Soudain, au loin, à travers les cris, les crépitements et les jets d'eau, on entend les jappements du chien resté prisonnier.

Devant le regard de son adolescente, paniquée, désespérée, le père retourne à l'intérieur, récupère la petite bête et, en même temps que lui, une taie d'oreiller dans laquelle il enfouit ce qui lui tombe sous la main. Sain et sauf, il est amené à l'hôpital et traité pour inhalation de fumée. Il rigole avec son épouse. Soulagement. Elle le laisse seul un instant dans la chambre pour aller acheter à manger. À son retour, il est mort. Son cœur s'est arrêté. Il a subi ce qu'on appelle un *widowmaker*, un faiseur de veuves. Quand trop de fumée a été inhalée, l'organisme suffoque, intoxiqué par les gaz dégagés lors de l'incendie, monoxyde et dioxyde de carbone, cyanure. Le patient semble en bonne santé alors qu'il est en train de mourir. S'il n'est pas intubé, s'il n'est pas mis sous oxygénation hyperbare ou si on ne lui donne pas d'antidote, tout peut soudainement s'arrêter. Dans les heures suivant la diffusion de l'épisode « Soirée du Super Bowl » de la série américaine *This Is Us*, les recherches Google sur l'expression *widowmaker* ont explosé.

Un rêve. La température ambiante monte soudainement autour de nous. Elle n'en finit plus de monter, il fait chaud, terriblement chaud, nous allons bientôt nous consumer de l'intérieur. C'est un cauchemar terrible, affolant. L'air devient de plus en plus brûlant, je dois à tout prix te protéger. Je ne sais pas quel âge tu as, si c'est une vision de toi enfant ou telle que tu es maintenant. Peut-être que tu es sans âge, ou que tu as tous les âges, que c'est l'essence de toi qui est contenue dans ce rêve, toi par-delà le temps. Je t'attrape pour te cacher dans une pièce de la maison, derrière des portes fermées : c'est à moi de mourir, c'est toi que je dois sauver. Je t'aime plus que tout, et dans mon rêve, même si une partie de moi sait que personne ne peut échapper au désastre, je ne suis pas prête à abandonner la partie. La chaleur monte, je vais être brûlée vive, et malgré tout je continue à espérer, on va s'en sortir, on va y arriver. Je me réveille en suffoquant. J'ouvre les yeux en me disant : c'était un rêve de fin du monde.

L'odeur que je préfère, celle qui fait vibrer mon cœur : un feu qui brûle, quelque part, caché, et qui embaume l'air autour de moi. Un parfum de feu. Je ne le vois pas, mais je peux le respirer.

Chercher toutes les fois où ça a brûlé devant, à côté, tout près ou très loin ou à l'intérieur de moi. Dans mon cœur, dans mon ventre, dans ma tête. Dans la maison, dans la ville, dans le monde. En rêve ou en pensée ou quand j'écris. Éteindre les feux qui consument, qui étouffent. Souffler doucement sur ceux qui alimentent pour les aider à respirer. Et parfois, se placer au centre de l'âtre, bien droite sur le bûcher.

La mère est un oracle dans *The Road*, le roman post-apocalyptique de Cormac McCarthy écrit comme une histoire d'amour dédiée à son propre fils. Lucide devant ce qui les attend, elle refuse de fermer les yeux, de se raconter des histoires. Elle a perdu tout espoir, et au lieu de rester en attendant le pire, elle part. Elle quitte l'homme, mais surtout, elle abandonne le fils, elle disparaît sans lui dire au revoir. C'est une mère qui semble dure, froide, mais c'est une mère déterminée. Au moment où elle discute de l'avenir avec le père de l'enfant, la décision est prise, c'est comme si elle n'était déjà plus là. Puis, une nuit, elle fuit après que le petit s'est endormi, elle part devant sans regarder l'amour qu'elle laisse derrière. Elle quitte le bateau de la survie pour devancer le destin, le viol et la torture qui l'attendent, c'est certain. Sa mort entre les dents d'autres humain·e·s affamé·e·s. Le père, lui, prend le fils et choisit de continuer à avancer. Il mise sur la vie. Nous portons le feu, dit-il au petit, et pour cette raison, rien de mal ne peut leur arriver. C'est ce feu, caché à l'intérieur d'eux, qui va les sauver. Un feu entre hommes. Un feu sans mère.

On appelle « baptême de feu » la première expérience de combat d'une recrue. Au Moyen Âge, dans l'épreuve du feu, deux personnes en conflit saisissaient chacune une barre de fer rougie par le feu et marchaient sur une distance de neuf pas. La main était ensuite enveloppée dans un sac de cuir scellé par un juge. Trois jours plus tard, on vérifiait l'évolution de la plaie. Une belle plaie, une plaie en train de guérir, était la marque de l'innocence. D'où l'expression : « j'en mettrais ma main au feu ». En anglais, l'expression *trial by fire* renvoie à Salem. Les juges puritains, convaincus que Dieu ne permettrait pas à une âme pure de brûler, plaçaient les femmes[1] accusées de sorcellerie sur un bûcher afin de déterminer si, de fait, elles étaient coupables. L'accusation se trouvait confirmée par le fait que les corps prenaient feu.

Dans *Pieces of a Woman* (K. Mundruczó, réal., 2020), une femme reproche à sa sœur, une jeune mère endeuillée, de ne même plus être capable de répondre au téléphone, même pas quand on tente de la joindre parce que leur mère à toutes les deux, très âgée, atteinte de sénilité, est

1. Pour le dire avec Silvia Federici, la catégorie « femmes » est utilisée ici en tant qu'*une identité collective traversée par les luttes, une place, une fonction particulière dans la division du travail capitaliste, et en même temps, un champ de bataille ; une catégorie qui n'est pas statique, qui n'est ni une simple performance, ni l'incarnation de normes, mais un terrain de lutte, toujours contesté et remis en question.* « Femmes » est ainsi un *sujet politique*, une identité *récusée, mais labile, qui nous donne des outils pour construire une vision du monde accordée à nos luttes.* J'ajouterais aussi, dans les traces de Catherine Malabou, que « femmes » identifie une catégorie de *sujets surexposés à un type de violence déterminé. Une discrimination symbolique et effective. Une exclusion, un rejet, une mise en échec, une abolition, une disparition dont les femmes seraient l'objet en particulier.*

en train de mettre le feu à sa maison. La jeune femme écoute sa sœur, impassible. Sa nouveau-née a cessé de respirer quelques instants après être sortie de son ventre et rien n'y fait, la souffrance est là, installée, la douleur l'enserre comme cet instrument de torture médiéval : la vierge de fer. Aucun feu ne peut la libérer, même pas celui qui pourrait tuer sa propre mère. On la suit dans son deuil jusqu'à la fin du film quand, seule sur un pont, elle soulève le couvercle d'une toute petite urne et laisse partir au vent les cendres de son tout petit bébé.

La nuit, quand la ville dort, et l'hiver, surtout, quand le vent souffle fort et que le froid se faufile partout, l'angoisse monte avec l'insomnie, j'imagine les cris stridents d'une alarme, une fumée épaisse, et puis des flammes qui montent, montent, montent, le feu qui avale notre monde. Panique. Il faut sortir, vite, mais comment, par où aller et en emportant quoi avec nous ? Le chien et le chat ? Est-ce qu'on a le temps d'enfiler un manteau et des chaussures ? Il fait si froid… Puis nous sommes sur le trottoir devant notre immeuble qui se consume, nos corps gelés, tu claques des dents, nos larmes coulent, mon bras autour de toi pour te réchauffer. J'imagine les grandes bibliothèques en train de brûler, et avec elles mes carnets d'écriture, mes cahiers de notes, mes bouts de papier. Tout part en flammes, mais toi, tu es vivante, tu es là avec moi, il n'y a que ça qui compte. Et maintenant, qu'est-ce qu'on fait ? Est-ce qu'on abandonne tout ? Est-ce qu'on tourne le dos au passé pour se réinventer ? Changer de quartier, de ville, de pays, changer de nom, changer de vie. Renaître de nos cendres.

Andrée et Léo, amoureux devant l'Éternel, vivaient entourés d'une collection impressionnante d'œuvres d'art dans leur maison du Carré Saint-Louis. Aucun système d'alarme ne protégeait leur maison des cambrioleurs, et je me suis toujours demandé combien de milliers de dollars s'envoleraient s'il devait y avoir, par malheur, un incendie. Mais Andrée et Léo vivaient sans peur, protégés, sans doute, par leur amour. La mort les a emportés il y a quelques mois, en pleine pandémie. D'abord Léo, qui était presque centenaire, puis Andrée, qui avait vingt ans de moins que lui, mais dont la peine était si grande qu'on a dit qu'elle était partie le rejoindre au lieu de rester seule ici. Andrée qui avait perdu un fils, des décennies plus tôt, noyé dans un lac alors que le père essayait de le sauver et qu'il était emporté lui aussi. Andrée debout sur un rivage qu'au fond elle n'a plus jamais vraiment quitté.

Les sorcières de Salem subissaient non seulement le test du feu, mais celui de l'eau. On les déshabillait et les ligotait en position fœtale, puis on les lançait dans l'eau pour voir si elles allaient couler ou flotter. Celle qui remontait vers la surface comme un bouchon de liège était jugée sorcière. C'est après qu'elle était envoyée au bûcher.

Octobre 2020. Simone, une de tes amies, a perdu la vie dans un incendie. C'est arrivé en pleine nuit. Il n'y avait pas de détecteur de fumée dans l'appartement. Les autres présent·e·s ont été blessé·e·s, incommodé·e·s par la fumée, les autres s'en sont sorti·e·s, mais pas ton amie. Des bouquets de fleurs ont été laissés par dizaines devant l'immeuble. À des journalistes, son père a décrit Simone comme une militante, antiraciste, queer et féministe, future syndicaliste. Elle voulait changer le monde, dit-il. Il était trop tard quand elle a été retrouvée par les pompiers.

L'amour, disait Susan Sontag, *c'est l'amitié qui a pris feu.*

Louise-Andrée me décrit la mise en sachet des cendres de Marie-Christine, sa grande amie qu'une maladie fulgurante a emportée. Travail tout en délicatesse, ouvrage patient, geste sacré. En l'écoutant, je m'imagine la scène. Elle continue à soigner le corps après, comme avant, comme pendant. Ça ne s'arrêtera jamais.

Il y a deux ou trois ans, un été terriblement chaud. Le bitume brûlant, la population abattue sous l'humidité, l'odeur gluante des poubelles qui nous collait à la peau. La ville conseillait aux personnes âgées de ne pas sortir, il fallait bien hydrater les enfants, on a multiplié les points d'eau. Les corps avançaient au ralenti, comme suspendus dans le temps. Je me souviens d'avoir photographié un nuage depuis notre balcon. Découpé contre le ciel ocre de pollution, on aurait dit un champignon atomique. J'ai pris la photo, je l'ai imprimée, puis je l'ai collée dans un carnet en guise de rappel.

Le Jour de la Terre a été souligné pour la première fois le 22 avril 1970. Imaginé par le sénateur du Wisconsin Gaylord Nelson, inspiré par les *teach-ins* organisés par les manifestant·e·s contre la guerre du Vietnam, le Jour de la Terre a été conçu comme un *teach-in* environnemental pour montrer aux politicien·ne·s que la population était prête à défendre l'environnement.

Article trouvé en ligne : *Ce que toute mère devrait savoir en cas d'incendie*. Ma peur est plus grande que la raison. J'ai une idée vague de l'emplacement des sorties d'urgence de notre immeuble. Je n'ai jamais imaginé de plan d'évacuation. Je n'ai jamais fixé de point de rencontre à l'extérieur en cas de séparation. Je ne t'ai jamais dit de ne pas te cacher dans un placard ou sous un lit. Est-ce que tu sais qu'il faut rester collée au sol en cas de fumée ? Est-ce que tu sais comment faire si tes vêtements prennent feu, comment il faut se jeter par terre et se faire rouler pour étouffer les flammes ?

La marque d'une intelligence de premier plan, écrivait F. Scott Fitzgerald, *est qu'elle est capable de se fixer sur deux idées contradictoires sans pour autant perdre la possibilité de fonctionner. On devrait, par exemple, pouvoir comprendre que les choses sont sans espoir et cependant être décidé à les changer.* La culpabilité de t'avoir invitée dans ce monde qui avance vers sa perte : la responsabilité de t'aider à ne pas perdre espoir devant un avenir désespéré.

Mettre le feu à la littérature. Notre tâche commune.
(Édouard Louis)

C'est une torche qui se trouve au bout de la flèche de Cupidon – on a tendance à l'ignorer, ou à l'oublier.

Avant, quand tu n'étais qu'un fantasme, puis un amas de cellules, puis les battements d'ailes d'un papillon, je ne me demandais pas ce que serait ta vie, dans quel monde tu vivrais, quel avenir t'attendait. Pourtant, c'était déjà un monde en péril, un monde dont on dit aujourd'hui qu'il est trop tard pour le sauver. L'humanité, crient les scientifiques, court à sa perte. Et cette perte, il faut refuser de la penser comme une simple disparition, comme si un jour, pouf, par magie, nous allions cesser d'exister. Disparu·e·s. Ni vu ni connu. La vérité, c'est qu'entre la vie et sa disparition, il y aura un douloureux processus d'extinction, un long moment rempli de souffrance, une misère humaine de plus en plus grande. Est-ce que j'aurais invité un enfant dans ce monde si j'avais été parfaitement consciente de ce qui était en train de se produire ? Est-ce que j'aurais eu cet élan si j'avais su le coût que représentent les humains pour l'environnement ? Est-ce que ta naissance devait nécessairement s'accompagner de mon aveuglement ? Ce que je sais, c'est que tu es aux prises avec un monde que j'ai participé à fabriquer. Ce qui veut dire que j'ai participé, moi aussi, à le détruire. Ce qui veut dire que je dois participer à le sauver.

Le 4 juin 1972, devant l'hôtel de ville de Montréal, une poète s'est immolée en criant : *Vous avez détruit la beauté du monde* ! Elle portait le nom d'Huguette Gaulin, elle avait vingt-sept ans, elle était végétarienne, et elle s'opposait à la société de consommation. Elle venait de quitter son mari et la banlieue, divorce, déménagement en ville avec son fils. Ce jour-là, elle enduit d'essence ses vêtements et y met le feu. Un policier assis à la table d'un restaurant se précipite vers elle et tente d'éteindre les flammes avec des journaux, mais rien n'y fait. Huguette Gaulin meurt de ses blessures. Dans son carnet de notes, elle avait écrit : *J'allais faire l'amour avec le feu puisque je ne trouvais pas de compagnon plus puissant, plus tenace. J'allais me pervertir dans le feu, me laver à même les cendres.*

Si on regardait vraiment les choses en face, la seule réponse morale à la crise climatique, nous dit l'auteur Roy Scranton, ce serait le suicide, la seule manière de réduire à zéro notre empreinte carbone individuelle. Et pourtant... même ce sacrifice héroïque ne pourrait pas nous sauver, parce que le gaspillage carbone, le vrai gaspillage, est dû à une petite portion de la population, à ces parasites riches et sans scrupules qui tuent la planète et qui sont loin d'être prêts à abandonner leurs habitudes de privilégiés. Si, en vivant ici, nous causons une forme ou une autre de souffrance, alors, pour y vivre éthiquement, il faut limiter nos désirs, accueillir la profonde interdépendance des éléments qui composent la nature et honorer le fait que notre vie est un cadeau qui nous vient de nulle part et qui peut nous être retiré à tout instant. Ce n'est qu'en reconnaissant que nos vies sont limitées, imparfaites et liées les unes aux autres que nous commencerons à comprendre ce que ça veut dire de vivre ensemble.

Maintenant, écrivait Marguerite Duras dans *Le Matin* du 4 juin 1986, *on pourrait presque enseigner aux enfants dans les écoles comment la planète va mourir, non pas comme une probabilité, mais comme l'histoire du futur. On leur dirait qu'on a découvert des feux, des brasiers, des fusions, que l'homme avait allumés et qu'il était incapable d'arrêter. Que c'était comme ça, qu'il y avait des sortes d'incendies qu'on ne pouvait plus arrêter du tout. Le capitalisme a fait son choix : plutôt ça que de perdre son règne.*

Décembre 2020. Après l'Australie, c'est la Californie qui brûle encore. Encore et toujours.

Dans quelques semaines, tu auras dix-huit ans.

Janvier 2021. Le *New York Times* annonce la parution de trois ouvrages sur la question environnementale : je note les titres. Dans *Scorched Earth*, Emmanuel Kreike affirme que la mise à mort de l'environnement, les pratiques climaticides devraient être considérées comme un crime contre l'humanité. David Pogue fait paraître *How to Prepare for Climate Change. A Practical Guide to Surviving the Chaos*. Mais la survie ne sera pas pour tous les comptes en banque, tout le monde ne pourra pas se réfugier dans les montagnes du Colorado, tout le monde ne pourra pas se procurer des assurances adéquates en cas de catastrophe, tout le monde ne survivra pas. Enfin, contre le climato-fatalisme, Andreas Malm, dans *How to Blow Up a Pipeline*, encourage à combattre, à user d'autres tactiques que la désobéissance civile pacifique. Parce que parfois, dit-il, la violence est nécessaire.

Est-ce que vous savez ce qu'il y a dans la cendre de charbon ? De l'arsenic, du cuivre, du plomb, du mercure, de l'uranium. De la merde câlissement toxique. Et les emplois ? Combien d'emplois ont été perdus au cours de la dernière décennie ? Des milliers ! Des milliers de familles qu'on a fait tomber. Et la roue tourne et tourne et tourne. Les libéraux ajoutent des sanctions. Les conservateurs retirent ces sanctions. Et ils continuent à se battre parce que tout ce qu'ils veulent, c'est s'écouter parler. Tout ce qu'ils veulent, c'est gagner. C'est la seule crisse de chose qui compte ! Et il y a un coût humain à tout ça ! Et c'est épuisant ! Je suis épuisée !!! (Bradley Jackson, jouée par Reese Whiterspoon, en colère contre un militant pro-charbon, dans *The Morning Show*).

Huguette Gaulin avait rédigé son testament le matin même de son immolation par le feu : elle demandait à être incinérée. François, son fils, avait sept ans. Des années plus tard, il dira qu'elle a poussé un cri désespéré, qu'elle voulait être entendue. Ça se passe dans le

Vieux-Montréal des années 1970, celui des jeunes, des féministes et des écologistes, de la guerre au napalm, des chars qui avancent sur Prague et de la libération sexuelle. Son recueil de poésie paraît quelques mois après sa mort. Cet été-là, d'autres suicides auront lieu comme en écho, celui, entre autres, d'une jeune femme qui met le feu aux rideaux de son appartement.

Les très grands feux, que l'on appelle aussi « méga-feux », sont des événements complets, sociaux et naturels. Ils sont peut-être le symptôme le plus clair de l'anthropocène, l'ère dans laquelle nous nous trouvons, un poste d'observation et un accélérateur d'opinion en faveur de la survie humaine sur cette planète. D'où l'importance, au lieu de voir les feux comme des ennemis, d'apprendre à vivre avec eux, comme le suggère Joëlle Zask. Il n'y a pas de forêt sans feu : les feux sont partie intégrante de la bonne santé des forêts. Ça ne sert à rien de mener une guerre froide contre les feux. Il faut, plutôt, savoir comment composer avec eux.

J'essaie de comprendre l'incompréhensible, de saisir ce qui m'échappe, de mettre des mots sur ce qui me semble indicible. La crise climatique est géante, tentaculaire et médusante. Je ne sais pas comment m'y prendre. Mais ce que je sais, c'est que je veux marcher à tes côtés, avec toi et parmi les tien·ne·s, poing levé, hurlant à tue-tête avec vous pour qu'on finisse par nous entendre.

Mars 2021. Sur un mur du quartier Parc-Extension, les colleuses féministes de Montréal affichent : *DES RÊVES ÔTÉS CRÉENT DES RÉVOLTÉ·E·S.*

Après avoir lu le début de ce livre que je suis en train d'écrire, tu me dis : *On ne peut pas toujours faire comme si ça allait bien… On ne peut pas toujours faire semblant…*

Dans leur manuel *This Is Not a Drill*, les membres du groupe Extinction Rebellion affirment agir par amour féroce pour la Terre, et au nom de la vie. Les mots « économie » et « écologie » renvoient tous les deux à l'*oïkos*, c'est-à-dire à la maison, à la demeure, au foyer. Une économie qui détruit le foyer n'est plus une économie, c'est une guerre. Contre la planète. Contre l'espèce humaine. Contre l'avenir. L'extermination de la diversité biologique et des cultures indigènes qui savent vivre en harmonie avec mère Nature s'inscrit dans cette guerre contre la vie.

La très grande majorité des très grands feux sont causés par nous. Un tiers des feux sont d'origine criminelle, les autres sont accidentels : pétards, mégots, barbecues, étincelles, tirs pendant la chasse, manœuvres militaires, explosions de génératrices…

Le penseur Gaston Bachelard a publié une véritable bible du feu dans laquelle il a écrit que, quand on veut que tout change, c'est le feu qu'on appelle. Il relate l'histoire de Prométhée (dont le nom dit qu'il comprend tout) mis en charge par Zeus de faire apparaître la vie sur Terre. Comment Prométhée demande à son frère Épiméthée (dont le nom signifie qu'il comprend trop tard ou qu'il réfléchit après coup) de remplir cette mission. Bachelard raconte comment Épiméthée offre tous les dons les plus importants aux animaux (force, rapidité, courage et ruse), oubliant l'être humain, qu'il laisse démuni et fragile. D'où la décision de Prométhée : voler le feu sacré à Zeus pour le donner à l'être humain, de pair avec les arts mécaniques. Ainsi, l'« Homme » aura les moyens d'inventer ce qu'il faut pour la survie de son espèce.

S'il le fallait, si je me perdais dans la forêt, si je m'y perdais avec toi, est-ce que je saurais nous faire un feu ? Est-ce que je saurais comment disposer les petites branches, et ensuite les plus grandes ? Est-ce que je saurais comment ne pas mettre le feu à la forêt au grand complet ? Et je me demande : est-ce qu'on sait comment faire avec vous, jeunes filles qui brûlez de mille feux ? Sommes-nous capables, nous qui vous avons invitées dans ce monde, de nous engager à ne pas vous éteindre : nourrir vos élans, cultiver vos passions, écouter vos demandes, accueillir votre exigence au lieu de vous faire taire de mille et une façons ?

Tu t'insurges contre l'idiotie de ceux qui mènent le monde et refusent de voir que la planète est en péril. Tu manifestes ta colère et ton exaspération devant leur égoïsme. Tu parles de pipelines. Tu parles de territoires autochtones traversés illégalement et en toute impunité. Tu parles d'extinction animale. Tu parles de *fast fashion*. Tu parles de populations déplacées par des guerres et des famines. Tu parles de gaspillage alimentaire. Tu dis : *Au moment même où on se parle, l'Amazonie est en train de brûler.*

Nos corps / Debout drettes et secs / Une impression de persistance / Comme les arbres noirs des forêts incendiées. (Marjolaine Beauchamp)

Dans *Our House Is on Fire*, la mère de Greta Thunberg raconte l'histoire de sa fille, l'histoire de leur famille. Malena Ernman raconte comment elle a abandonné sa carrière de mezzo-soprano, elle qui s'était retrouvée en finale au concours Eurovision et qui vivait en *jet-setter*, à cause de l'état d'écoanxiété dans lequel se trouvait Greta, comment son mari et elle ont revu leur mode de fonctionnement pour mieux accompagner leur fille. Comment l'engagement de Greta Thunberg est en continuité avec l'Asperger, son intégrité totale qui s'exprime par un refus de manger certains aliments ou de manger tout court, un refus de prendre l'avion, et le désir absolu de faire quelque chose, toute seule : manifester tous les vendredis devant le parlement suédois. Emmerder tout le monde. Être *a pain in the ass. Elle voyait ce que nous refusions de voir*, dit sa mère, *on aurait dit qu'elle voyait les émissions de* CO_2 *à l'œil nu.*

Deux cent douze activistes pour la défense du climat ont été tué·e·s en 2019. C'est, à ce jour, l'année la plus meurtrière. Et ça continue.

Le verbe « indigner », qu'on utilise dans sa forme pronominale – « s'indigner » –, est lié au verbe du moyen français « soi endaigner », qu'on utilisait au sujet des tissus humains, verbe lui-même issu de l'acception médicale du latin : « s'envenimer », « s'enflammer ».

Mary Webster a été pendue à un arbre à la fin du XVIIe siècle, au Massachusetts, pour sorcellerie. Dans les faits, c'est parce qu'elle était une femme, qu'elle vivait seule (elle était veuve) et sans argent. Elle a passé la nuit pendue à une branche. Quand on a coupé la corde le lendemain, elle était toujours vivante. Des témoins assurent qu'elle a vécu, après, pendant encore quatorze ans. On l'appelle *half-hanged Mary* : la Mary à moitié pendue.

Qu'il s'agisse d'un document scientifique, d'un guide de scoutisme ou d'info pompiers, on illustre et schématise la combustion à l'aide d'un triangle dont les sommets représentent : le combustible (le bois), le comburant (le dioxygène) et l'énergie d'activation (le frottement, la foudre ou le soleil).

Le plus souvent, ce sont des hommes blancs qui sont atteints du syndrome du pompier pyromane. Ils ont entre seize et trente ans. Parfois, ce sont des pompiers bénévoles. D'autres fois, ce sont des « soldats du feu » professionnels. Dans tous les cas, il s'agit d'allumer un feu pour pouvoir ensuite retourner vite à la caserne, être parmi les premiers à se précipiter en toute urgence pour éteindre l'incendie, et surtout, s'en trouver félicité. Le pompier pyromane est mû par le désir de sauver ou d'être vu comme un sauveur. Il est poussé par l'excitation de mettre le feu et d'arriver à l'éteindre. Souvent, on décrit les politiciens comme des pompiers pyromanes, qui causent des problèmes inutiles de manière à faire bonne figure au moment où ils vont les régler. On parle de complexe du héros ou de complexe du chevalier blanc.

Et nous savons / Comme des pompiers pyromanes / Au mépris du bon sens / Guérir le bien par le mal / Et inversement (Toxic Waste)

Je te demande ce que ça te fait, ton anniversaire qui approche, cette marque dans le temps ? Tu hausses les épaules et tu dis : *Pour ce que ça vaut, je vais enfin pouvoir voter !*

Tant de films apocalyptiques où les membres d'une famille nucléaire sont séparés par une catastrophe. Le père doit ramener l'enfant auprès de sa mère, raconte le film. Ou le père doit retrouver la mère et l'enfant afin de les sauver d'un tsunami géant, d'envahisseurs extraterrestres, d'un astéroïde qui avance vers la planète. Mais jamais l'inverse, jamais la mère en héroïne solaire.

Mères au front (Québec) ; Mothers Out Front, Science Moms, Moms Clean Air Force (États-Unis) ; Mothers Against Climate Change (Amérique du Nord) ; Knitting Nannas Against Gas (Australie) ; Mothers Rise Up (Royaume-Uni) ; Mothers of Invention (Irlande) ; For the Sake of Our Children (Chine) ; Gender Links (Afrique du Sud) ; The Green Belt Movement (Kenya).

On ne parle pas assez de la radicalité de l'amour maternel, ni de la radicalité de l'amour tout court. De l'amour comme bougie d'allumage d'un mouvement révolutionnaire. D'une politique de l'amour à partir de laquelle travailler à repousser, repousser, repousser la haine, avec toute l'énergie du désespoir.

Novembre 2019. Je te demande ce qu'il faut, d'après toi, pour la suite du monde[1]. Tu me fixes, dubitative. Puis, au bout d'un moment, tu réponds : *Il faut faire quelque chose, manifester, devenir véganes, arrêter d'élire des imbéciles. Pour la suite du monde, réfléchissez avant d'agir, stoppez la pression sur les filles, et respectez les femmes.* Et pour finir, en me regardant dans les yeux, avec un petit

1. Une première version de ces phrases a été écrite à la suite d'une invitation faite par le Festival Québec en toutes lettres à produire un bref texte à partir des mots : « pour la suite du monde... » Les textes ont été affichés dans la ville de Québec, pendant le festival, à l'automne 2019.

sourire en coin, tu lances : *Shut the fuck up. Cessez de poser des questions inutiles.*

No shit motherfucker (Marjolaine Beauchamp)

Dans une publicité du parti républicain en vue des élections américaines d'octobre 2020, on montre une image de la jeune députée démocrate portoricaine Alexandria Ocasio-Cortez en train de prendre feu : « visage du socialisme ». Le montage l'associe entre autres au génocide cambodgien. *Détrompez-vous*, a-t-elle commenté, *ceci n'est pas une publicité pour les jeunes conservateurs de couleur ; c'est une lettre d'amour du Grand Old Party à la suprématie blanche.* AOC est diabolisée, perçue et représentée – littéralement – comme enflammée ; on fait tout pour l'arrêter dans sa montée en politique. On lui a dit qu'elle était folle, dégueulasse, qu'elle était une *fucking bitch*. On a fait référence à elle comme à *this girl... or whatever she is*, cette fille... si c'en est une. AOC le souligne elle-même : *À chaque cycle de pouvoir, c'est une femme qui est le Bonhomme Sept-Heures. Nancy Pelosi, Hillary Clinton, et maintenant moi.* L'adresse de sa maison a été rendue publique. Elle reçoit quotidiennement, de la part du FBI, des photos de gens qui veulent la tuer, ou un appel lui interdisant d'ouvrir son courrier parce que des bombes ont été postées. La violence s'est répandue jusqu'à sa mère, jusqu'à son jeune frère. Mais, comme elle l'a entendu dans la bouche d'une amie : *Ils veulent t'amener à te détruire toi-même pour ne pas avoir à le faire eux-mêmes.* AOC ne croit pas aux messies politiques. Elle préfère être un miroir plutôt qu'une sauveuse. Le rouge à lèvres qu'elle porte est un maquillage de guerre, et le documentaire dont elle a été le sujet, avec son *squad*, son escouade – Ilhan Omar, Ayanna Pressley et Rashida Tlaib –, porte pour titre *Knocking Down the House.* Quatre femmes pour faire tomber les murs du Congrès américain. Quatre politiciennes pour ébranler la maison du politique.

Octobre 2020. Dans mon courrier Instagram apparaît un message de la part d'Anastasia. Nous n'avons eu aucun contact depuis notre séparation et son retour en Russie, son pays natal, il y a maintenant dix ans. Rompant pour la première fois le silence, elle ne m'écrit pas de mots, elle ne dit rien, elle me transfère simplement un lien vers un article : *Russian editor dies after setting herself on fire.* Une éditrice vient de s'enlever la vie, elle s'appelait Irina Slavina, et le 2 octobre 2020, elle s'est immolée par le feu devant le bureau du ministère de l'Intérieur russe à Nijni Novgorod après avoir demandé que le gouvernement russe soit jugé coupable de sa mort. Un homme a essayé de l'aider en tentant d'éteindre le feu avec son manteau, mais elle l'a repoussé jusqu'à ce qu'elle tombe au sol. La veille, son appartement avait été fouillé : les policiers cherchaient des documents à propos du groupe prodémocratie Open Russia et sont partis avec des cartes mémoires, des ordinateurs, des téléphones. Irina Slavina était l'éditrice du site web Koza.press, qui présentait les actualités et les analyses sans censure. L'année précédente, elle avait reçu une amende pour manque de respect envers les autorités. Elle avait déjà été emprisonnée. Le 10 février 2021, sa fille a fermé le site du journal. À trois reprises, les autorités russes ont refusé de mener une enquête criminelle pour incitation au suicide.

Les suffragettes fabriquaient des bombes qu'elles déposaient dans des boîtes postales en plein milieu de la journée. Habillées comme des hommes, elles passaient incognito. Les explosions ont dessiné une nouvelle topographie de Londres. Quelques jours après l'incendie qui a détruit l'église All Saints, à Breadsall, en Angleterre, le 4 juin 1914, le révérend a reçu une carte qui disait : *Let there be light. The price of liberty. Votes for Women.* Que la lumière soit. Le prix à payer pour la liberté. Le droit de vote donné aux femmes. Et pour accompagner la carte, une page du journal des suffragettes – question d'être parfaitement claires.

Pyroterroristes : qui sèment la peur dans le cœur de celles et ceux qui restent imperméables à la cause.

Lillian Linton voulait être danseuse : elle est devenue suffragette. Elle avait un talent particulier pour l'évasion, elle savait comment échapper aux policiers. Et surtout, elle savait allumer des feux. Comme Emmeline Pankhurst, elle croyait que les gestes parlent plus que les mots. D'incendie en incendie, elle a semé la terreur dans la ville de Londres pour montrer qu'on ne pouvait pas gouverner des personnes qui ne voulaient pas être gouvernées. En 1913, après avoir mis le feu à la maison du thé des jardins de Key, elle est emprisonnée. Pour protester, elle entreprend une grève de la faim. On la nourrit de force, et des aliments se retrouvent aspirés dans ses poumons. C'est pour qu'elle ne devienne pas une figure de martyre qu'on a fini par la libérer. En 1918, on donne aux Anglaises de plus de trente ans le droit de voter dans la mesure où elles sont des *house-holders* ou si elles en ont épousé un. Lillian Linton, elle, n'y a toujours pas droit : *Je n'ai ni meubles, ni mari.*

Kathy a fait l'acquisition d'une maison dans la ville anglaise où elle habite. Une vraie maison avec entrée sur rue, étages, cheminée et jardin, achetée avec le père de son fils. Après de nombreuses années de vie commune dans un logement loué, le couple est devenu propriétaire. Peu de temps après, la relation s'est mise à battre de l'aile et ils ont rompu, tout en continuant à partager la maison pour préserver le foyer de leur petit garçon. Cette demeure comme ce qui reste de leur amour passé. Souvent, quand elle me parle de sa vie familiale, quand elle flirte avec l'idée de déménager, Kathy clôt la conversation en soupirant ces mots qui disent tout : *Mais j'aime tellement ma maison…*

Ces moments où tu es là, entourée de tes ami·e·s… Vous déplacez les meubles, vous faites à manger, vous discutez fort, musique et rires à pleins poumons. Vous prenez la place qui vous convient, dont vous avez besoin et qui vous revient. Vous occupez ce monde dont on ne cesse pourtant de vous rappeler, de mille et une façons, qu'il ne vous appartient pas. Qu'il n'est pas à vous, mais bien à *nous*. Pas à toi, jeune fille. Pas à toi, jeune *woke*. Pas à toi, flocon de neige qui ne mérite que de fondre au soleil. Parce que *nous*, *nous* ne ferons aucun sacrifice, *nous* ne céderons aucun privilège. De toute manière, quand il sera trop tard, *nous* serons déjà parti·e·s.

Ne tuons pas la beauté du monde / Chaque arbre, chaque fleur que l'on tue / Revient nous tuer à son tour / Ne tuons pas la beauté du monde / Ne tuons pas le chant des oiseaux / Ne tuons pas le bleu du jour / Ne tuons pas la beauté du monde / La dernière chance de la terre / C'est maintenant qu'elle se joue / Ne tuons pas la beauté du monde / Faisons de la terre un grand jardin / Pour ceux qui viendront après nous (Diane Dufresne – Luc Plamondon)

Le soleil : cette boule d'hydrogène et d'hélium au centre de laquelle a lieu une fusion thermonucléaire. Il grandit, petit à petit, d'un pour cent tous les cent millions d'années. Dans un milliard d'années, l'eau des lacs se mettra à bouillir sur la Terre. Mais ça, c'est un fantasme, écrit le poète Robert Bringhurst, car alors, les forêts ne seront plus, les glaciers auront fondu, les océans seront vides, les vents souffleront à une vitesse de cent nœuds, plus rien ne vivra ici, ni faune, ni flore, plus personne. Sauf, sans doute, la beauté qui, elle, n'a pas besoin de nous pour exister.

Dans le ciel australien volent des oiseaux de proie pyromanes. On les appelle les faucons de feu. Ils plongent sur la terre incendiée, attrapent des brindilles allumées et les laissent tomber plus loin, parfois beaucoup plus loin, là où le feu ne brûle pas. C'est la manière que ces vautours ont de chasser en forçant les petits animaux à fuir leurs abris, à quitter leurs foyers.

La mère d'un étudiant américain du nom de Michael Minger est devenue militante après la mort de son fils. Une nuit, alors qu'il s'était endormi sur le *Stabat Mater* de Schubert, quelqu'un a aspergé d'essence le couloir de sa résidence universitaire avant d'y mettre le feu. On dit qu'il s'agit d'un amoureux éconduit. C'était la deuxième fois qu'il déclenchait ainsi un incendie. Michael, réveillé par la fumée, a essayé de fuir, mais la seule sortie, située au bout du long couloir sur lequel la porte de sa chambre s'ouvrait, était prise par les flammes. Le jeune homme a battu en retraite, est resté sur le plancher de sa chambre et a attendu. Quand les pompiers ont finalement réussi à le sortir de là, ses organes étaient saturés de monoxyde de carbone. Les ambulanciers l'ont intubé, mais il était déjà parti. Le jeune homme chantait de l'opéra. Il voulait devenir journaliste sportif. Après sa mort, la mère est malade de deuil, anorexie, perte de cheveux, cancer du sein, et le couple parental se sépare : *I wanted to hold the door to Michael's life open and my husband wanted to close the door*. Je voulais laisser ouverte la porte de la vie de Michael, dit-elle, mais mon mari voulait la fermer. Aucun gicleur n'avait été installé dans la résidence, malgré une subvention obtenue du gouvernement et les nombreuses plaintes de la mère : on n'allait pas fermer les lieux pour procéder à l'installation – l'été arrivait et, avec lui, des locations touristiques et un revenu supplémentaire. La mère a eu recours à la justice. Avec les millions de dollars reçus en compensation, elle a créé une fondation chargée de soumettre des projets de loi aux différents États américains afin d'assurer la sécurité des étudiant·e·s vivant dans des résidences universitaires. Elle dit, sa main autour des épaules d'une autre mère qui, comme elle, a perdu un enfant : *We are the voice of those what have been silenced by the ravages of fire*, nous sommes la voix de celles et ceux qui ont perdu la leur à cause du feu. Elle dit qu'elle va se battre jusqu'à la fin de sa vie.

Je suis assise sur un banc, au soleil, devant le café San Gennaro, avec Louise-Andrée. Cappuccino à la main, elle me raconte son nouvel amour, *tout feu tout flammes*, dit-elle, *comme la révolution*. Francesco Alberoni voit, dans le tomber-amoureuse, l'état naissant d'un mouvement collectif. Il faut faire le lien entre les choses importantes, dit-il, les grands processus historiques, et l'amour privé, parce que les forces en présence sont les mêmes. L'amour, comme les mouvements sociaux, ébranle les institutions qui, elles, ont en horreur cet état du tomber-amoureuse perçu comme incompréhensible, fanatique, monstrueux.

Le film *Suffragette* (S. Gavron, réal., 2015) raconte l'histoire d'une toute jeune mère blanchisseuse dans une Londres noire de charbon. Une mère qui aime absolument son petit garçon. Une mère mise à la rue par son mari sous prétexte qu'elle a été arrêtée et emprisonnée à la suite d'une manifestation pour le droit de vote des femmes. Une mère qui attend dans le noir, sous la pluie, que son petit garçon adoré apparaisse en pyjama à la fenêtre de leur maison, et alors, trempée, elle le fait rire en mimant des folies, elle lui mime qu'elle l'aime, elle reste aussi longtemps que possible pour lui dire bonne nuit. Une mère qui perd son fils mis en adoption par le père incapable de s'en occuper seul. Une mère devenue militante et qui, de fil en aiguille, se radicalise, comme on dit. Elle perd tout, mais cette lutte pour le droit de vote, elle la mène aussi pour son enfant. Peut-être même d'abord et avant tout pour lui : pour lui offrir un monde meilleur dans lequel grandir.

La mère ne voit pas dans l'adulte le petit enfant qui a été et qui n'est plus (Francesco Alberoni). Non, elle pose sur l'adulte le même regard que celui qu'elle posait sur l'enfant, et en retombe amoureuse à chaque instant. Ainsi, même si je ne peux pas imaginer ma vie sans toi – si tu mourais, ça me tuerait –, et même si tu es déjà ailleurs qu'avec moi – évoluant indépendamment de moi –, mon regard ne se détache jamais de toi. Tu es le feu qui m'éblouit au moment même où il disparaît, lumineuse et dansante, iridescente. Tu ne m'appartiens pas, mais moi, rivée à toi, de loin en loin, je t'appartiendrai toute ma vie.

Notre maison brûle, répète Greta Thunberg. *Je suis là pour vous le dire : notre maison brûle. Quand votre maison est en feu, vous ne vous assoyez pas pour discuter de la jolie rénovation que vous pourrez faire une fois le feu éteint. Si votre maison est en feu, vous sortez de la maison en courant et vous vous assurez que tout le monde est sorti pendant que vous appelez les pompiers.* Elle dit *house* au lieu de *home*. Si la planète Terre est un foyer, c'est avant tout une maison, et le feu est là, tout près, il mange nos murs, il fait tomber nos toits. Voilà ce que Greta Thunberg ne cesse de dire. Est-ce que c'est pour cette raison qu'elle suscite tant de haine ? Parce qu'elle ramène à une image privée un drame public ? Parce que dans sa bouche, comme dans celle des féministes, le personnel est politique, et qu'elle se permet de le répéter sans cesse, peu importe l'âge qu'elle a, et peu importe sa taille ou les vêtements qu'elle porte, et surtout peu importe qui se trouve devant elle ?

Je confie à Patrick mes histoires de feu. Je déplie délicatement et dépose sur la table, devant lui, mes doutes et mon obsession. Je lui montre ma collection de flammes et de femmes, comme tu me montrais fièrement, quand tu étais enfant, tes collections de pierres et de bouts de verre trouvés dans la rue ou dans la mer. Patrick m'écoute et me parle de Michelle Addington, une ingénieure de la Nasa qui travaille sur la consommation d'énergie dans le domaine de la construction, qui s'intéresse à la manière de chauffer les immeubles en respectant le plus possible l'environnement. Il me raconte qu'en 1918, durant la grippe espagnole, on avait pensé les radiateurs comme un mode de chauffage fenêtres ouvertes, pour éviter la contagion. Puis il dit : *You have to tend to your kid's fire.* Tu dois prendre soin du feu de ton enfant. Il fait une pause, et il ajoute, comme pour lui-même : *What perfume is the world wearing* ? Quel est le parfum du monde ? Quel parfum porte le monde ?

Tu es ma mémoire vivante du feu, un miroir qui me renvoie l'image de la jeune fille que j'ai été, labile, volatile, celle qui voulait tout envoyer valser, qui refusait tout compromis et qui remettait en question, sans relâche, le monde des adultes sur le seuil duquel je me tenais et qui me faisait déjà honte. Tu es le rappel constant qu'il ne faut pas se résigner à la petite vie tranquille, qu'il ne faut jamais cesser d'exiger.

Koyaanisqatsi : mot de la langue hopi qui signifie « vie déséquilibrée ». Sans personnages, sans dialogues, le film intitulé ainsi (G. Reggio, réal., 1982) avance comme une suite d'images, des paysages naturels, urbains et industriels qui crèvent l'écran jusqu'à la séquence finale : une fusée monte vers le ciel pour exploser quelques secondes plus tard, boule de feu qui tombe en amas de métal tordu. Voici à quoi ressemble notre environnement. Voici ce que le monde est devenu. J'avais seize ans. Le film était un avertissement.

On le savait et on n'a rien fait.

Un rêve. Nous sommes à Los Angeles, têtes levées devant les célèbres lettres : H.O.L.L.Y.W.O.O.D. Nous logeons dans un appartement qui appartient à d'autres, un vrai capharnaüm, impossible de s'y retrouver. Des petits animaux errent dans les pièces et dehors, le ciel peu à peu rougit. Incendies. Où aller, maintenant ? Vers où se tourner ? Suivre la route ou s'en écarter ? Dévaler les collines avec les chevaux ? Se réfugier au bord de l'eau ?

Roger est producteur de cinéma. C'est le matin de notre toute première rencontre, petit déjeuner, pluie verglaçante, bistro. Il me parle de ses années passées à Los Angeles. Le regard lumineux, il m'entraîne dans ses souvenirs, la moto qui roule le long de la côte, un motel, un plateau de tournage en plein désert, une Mercedes 450SL décapotable, un réalisateur célèbre. Et puis, ceci : des chevaux dévalent une colline à toute vitesse pour échapper à un incendie. Je ne sais pas où il se trouvait quand il a été témoin de cette scène, mais je sais que c'est ce souvenir qui arrive en premier. C'est cette image qu'il dépose devant moi, qu'il fait courir sur la table entre nous. Je l'écoute raconter en me disant que l'écriture est comme ça, un cheval qui court pour échapper aux flammes qui avancent, qui lèchent le sol et attrapent tout sur leur passage. Écrire à bride abattue, pour la suite du monde.

J'en étais venu à voir l'essayiste comme un pompier dont la mission, quand tout le monde fuit les flammes de la honte, est de s'y précipiter. (Jonathan Franzen)

En Chine, l'année 1966 est surnommée « année du cheval de feu ». Moins d'enfants ont vu le jour au cours de cette année-là que les précédentes, parce que les futurs parents ont craint de mettre au monde des filles, de futures *fire horse women* dont on prédisait non seulement qu'elles auraient une mauvaise personnalité, mais qu'elles en viendraient un jour à tuer leur mari.

Au moins une fois l'an : faire un feu dans lequel jeter les restes du passé. Anastasia proposait de pratiquer ce rituel le soir du 31 décembre. Elle disait d'inscrire, sur des bouts de papier, ce dont on voulait se défaire, puis de mettre le feu dans le bol en métal où on les avait déposés. Ensuite, sur une autre série de petits papiers, consigner des souhaits, des vœux de Nouvel An pour soi et pour les personnes aimées. On les plaçait dans une enveloppe scellée, et on les lirait un an plus tard pour voir quels vœux auraient été exaucés.

Qu'est-ce qu'on peut souhaiter, aujourd'hui ? Que souhaites-tu, toi, sinon que la sonnette d'alarme soit entendue, que le son strident continue à percer les tympans au lieu d'être stoppé, la pile retirée par des mains égoïstes qui ne pensent qu'au profit, qui privilégient une compréhension des choses à courte vue parce qu'au fond, ce qui compte, c'est leur propre vie, pas celle des humain·e·s qui vont leur survivre. Pas *votre* vie.

je chancelle / car les pièces perdues / d'une campagne inscrite entre les roses impatients / et l'heure précise / incendient (Huguette Gaulin)

Rosa Bonheur voulait être peintre. Au milieu du XIXe siècle, elle est parvenue, avec passion et détermination, à conquérir les salons. Française, protoféministe, garçon manqué comme on aimait dire à l'époque, elle fumait et formait un couple avec son amie, Nathalie Micas. Plus tard, après la mort de cette dernière, c'est Anna Klumpke, une portraitiste américaine, qui a partagé sa vie. Interdite d'accès à l'École des Beaux-Arts, Rosa Bonheur était autodidacte. Elle arpentait en pantalon les marchés aux bestiaux et les couloirs du Louvre avec son matériel sous le bras. Elle admirait les Américaines, plus avancées côté libération, et faisait sensation auprès d'elles. Elle a fini sa vie près de la forêt de Fontainebleau, hébergeant chez elle moutons, oiseaux, écureuils, chiens, chats, chevaux et lions.

On doit à Rosa Bonheur un tableau intitulé *Chevaux fuyant l'incendie.*

Jean-Paul Riopelle avait donné le surnom de Rosa Malheur à Joan Mitchell, la grande peintre expressionniste qui a été sa compagne pendant vingt-cinq ans. Il l'a laissée pour Hollis Jeffcoat, jeune peintre américaine rousse, longiligne et androgyne, venue passer l'été à Paris. Elle est devenue l'assistante, et aussi la compagne, la confidente, la gardienne des chiens de Joan Mitchell. Les deux monstres de la peinture sont tombés amoureux de la jeune femme, qui a fini par suivre Riopelle : elle avait l'habitude, disait-elle, de faire ce que les hommes lui demandaient. Quand elle a appris la trahison de sa protégée, Joan Mitchell a repris la centaine de lettres qu'elle avait écrites à la jeune femme depuis leur première rencontre et les a réduites en cendres dans la cheminée de son atelier. Des années plus tard, Hollis Jeffcoat a refait sa vie en Floride, à Sanibel Island, avec une autre femme, pendant que Riopelle refaisait la sienne avec Huguette Vachon à L'Isle-aux-Grues. À l'annonce de la mort de Joan Mitchell, il a dit : *Toutes les Rosa sont mortes.* Et il a peint son immense fresque : *L'hommage à Rosa Luxemburg.* Le titre *est une sorte de camouflage*, écrit Hélène de Billy dans sa biographie du peintre. *L'astuce est bien trouvée. Luxembourg n'était-elle pas la Jeanne d'Arc du socialisme, comme « little Joan » était la Jeanne d'Arc de l'art ?*

Huguette Vachon et Jean-Paul Riopelle avaient un jeune labrador. Il s'appelait Feu Feu. Un jour d'hiver, le chien a disparu, on a pensé qu'il avait été volé.

Si j'écrivais un roman de fin du monde, il commencerait peut-être ainsi : je me réveille dans un épais brouillard ocre, le feu éteint, le froid qui s'infiltre jusque sur les os. Je glisse ma main vers toi, endormie en chien de fusil. Je retiens mon souffle. Je me soulève doucement du sol, me glisse vers toi, ton dos, mon oreille le plus près possible sans te toucher pour ne pas te réveiller, avec en tête l'image d'avant, l'image de toujours, ma joue contre ton tout petit corps fiévreux, ta peau brûlante, quand je cherchais à déchiffrer les vagues imperceptibles de ta respiration, le battement régulier, le frémissement du cœur. Vivante. Ce matin, tes longs membres recroquevillés, le dessin de tes vertèbres et de tes côtes me rappelle le tracé d'une mangrove comme celles devant lesquelles nous sommes restées en silence, une fois, émerveillées. Sanibel Island, et sa nature protégée, les alligators dont on devinait le regard, immobiles dans l'eau épaisse, et tout autour, les petits crabes qui grimpaient le long des branches, les hérons et les flamants élégants. Ce matin, comme tous les matins, je cherche le murmure de la vie, lovée dans les bras de cette nuit dont on ne sait plus si elle commence ou si elle finit.

Je me demande souvent de quelle couleur sera la fin du monde.

La couleur, c'est de la lumière qui a pris feu. (Joan Mitchell)

Le 15 avril 2018, David Buckel, un militant pour l'environnement, s'immole dans Prospect Park, à Brooklyn, après s'être aspergé d'essence. Il laisse près de lui une note manuscrite : *Je m'appelle David Buckel et je viens de m'immoler par le feu en signe de protestation. Pardonnez-moi pour le dégât.* Dans un message envoyé au *New York Times* la veille de son suicide, il écrivait que sa mort prématurée causée par un carburant fossile refléterait ce que nous sommes en train de nous infliger : la pollution que nous produisons rend l'air irrespirable et cette planète, inhabitable. Il avait soixante ans. David Buckel était l'avocat principal dans la poursuite pour dommage et intérêts contre les policiers qui avaient pris la déposition de Brandon Teena. Jeune homme trans, Brandon Teena s'était adressé au shérif du comté de Richardson, dans le Nebraska, après avoir été violé par des garçons qui voulaient donner la preuve de son identité de genre – les garçons l'ont assassiné pour le réduire au silence. Mais comme l'a titré le *New York Times* cinq jours après la mort de David Buckel : *A Man Set Himself on Fire. We Barely Noticed.* Un homme s'est immolé, et on s'en est à peine rendu compte. Le monde a continué à tourner comme si de rien n'était. David Buckel s'est enlevé la vie pour attirer l'attention sur les changements climatiques, mais sa mort a vite cédé le pas aux frasques de Donald Trump. Si cette mort n'a pas retenu l'attention, c'est peut-être parce que sa forme, son style n'étaient pas américains. Contrairement aux hommes blancs qui se suicident, aux États-Unis, après avoir d'abord tourné l'arme contre les autres, et en particulier contre les femmes, ainsi assurés de se retrouver à la une des journaux, David Buckel a choisi une mort solitaire, extrêmement douloureuse, inspirée des moines tibétains sous le régime chinois. Il a choisi d'incarner le réchauffement climatique, de faire à son propre corps ce qui est fait tous les jours au monde dans lequel on vit.

Je préfère qu'on *se noie dans des mers de feu* (Virginia Woolf), mon amour, au lieu de flotter doucement comme s'il n'y avait pas d'urgence, comme si on avait tout le temps du monde devant nous.

Août 2017. Anne Dufourmantelle, philosophe et psychanalyste, se noie à Ramatuelle en sauvant un enfant que les vagues étaient en train d'avaler. Un enfant à qui elle a, ainsi, donné sa vie. Au lendemain de sa mort, Clara, sa fille de vingt-quatre ans, publie une lettre qu'elle lui a écrite : *Hier, le grand feu a embrasé l'horizon. J'écoutais les merveilleux amis s'inquiéter pour nous et préparer les bagages, au cas où. L'électricité était coupée à la maison. J'ai eu envie de rire, et de pleurer aussi un peu. Je me suis dit : elle nous a fait le coup de l'incendie. Horizon rouge, gris, les flammes, et le vent qui emporte tout sur son passage.*

Quand il avait une tâche difficile devant lui, Baal Shem Tov allait dans la forêt, s'arrêtait à un endroit précis, allumait un feu et méditait en prière. Ces gestes suffisaient à rendre faisable une tâche difficile. De génération en génération, le rituel s'éteint petit à petit à cause du passage du temps : on ne peut plus allumer le feu, on oublie les méditations secrètes, on oublie même l'endroit dans les bois où ça se passait, et à la fin, quand Rabbi Israël de Rishin, invité à accomplir la même tâche difficile que son prédécesseur, s'assoit sur un fauteuil doré dans son château, il dit : *Nous ne pouvons plus allumer le feu, nous ne pouvons plus dire les prières, nous ne savons plus la place, mais nous pouvons raconter l'histoire de comment cela s'est fait. Et encore une fois cela suffit.* Giorgio Agamben trouve, dans l'histoire de Baal Shem Tov, une allégorie de la littérature. On raconte parce que le feu s'est éteint et qu'il faut avancer dans le noir, en tremblant, entre souvenir et oubli.

Je demande à Patrick s'il porte en lui des souvenirs du feu. Il me dit que non, qu'il a toujours été fasciné par le feu, mais qu'il n'en a jamais fait l'expérience. Un ange passe, silence, puis il ajoute : *En fait, oui, je me souviens d'avoir fermé par erreur la trappe de la cheminée, un après-midi, je devais avoir dix ans. C'est le jour où on a annoncé que James Cross avait été kidnappé par le Front de libération du Québec. Mes parents étaient sortis boire et parler divorce. Quand ils sont rentrés, devant la maison enfumée, mon père a piqué une de ses colères légendaires. Peu de temps après, ils divorçaient.*

Pier Paolo Pasolini, en 1941, trouve dans le mouvement des lucioles, ou mouches à feu, l'image de l'amitié et de l'amour : *Dans le noir sans lune, nous sommes montés vers Piene del Pino, nous avons vu une quantité énorme de lucioles, qui formaient des bosquets de feu dans les bosquets de buissons, et nous les enviions parce qu'elles s'aimaient, parce qu'elles se cherchaient dans leurs envols amoureux et leurs lumières.* Le cinéaste compare les rires des jeunes hommes, leur fougue, leur vivacité, leur désir d'être ensemble, au clignotement des insectes de feu. Trente-quatre ans plus tard, neuf mois avant d'être assassiné sur la plage d'Ostie, Pasolini publie son célèbre « Article des lucioles » où il pleure, cette fois, la disparition des insectes dans la nuit romaine. Il met en cause la pollution de l'air et celle de l'eau : les lucioles, désormais, sont un souvenir lointain. C'est par cette analogie que le cinéaste dénonce le fascisme et l'absence de résistance politique, la disparition des militant·e·s. Car dans la lumière des projecteurs, ces faisceaux blancs qui effacent les différences, les lucioles disparaissent. Pour les voir, il faut se trouver dans la nuit noire, là où, malgré tout, elles survivent.

Tout, dans *Portrait de la jeune fille en feu* (C. Sciamma, réal., 2020), a à voir avec les flammes. Les bougies qu'on allume et qu'on éteint. L'âtre dans lequel on fait cuire la soupe. Le craquement du bois qui brûle. Un feu de joie autour duquel chanter. Le soleil qui fait étinceler le bord de mer. Le charbon avec lequel on peut dessiner. Tout a à voir avec les flammes, l'amour et les femmes. Le tableau qui donne son titre au film montre la figure d'une jeune fille, petite contre l'immensité d'un ciel assombri et de la plage sur laquelle elle se tient. Derrière elle, l'ourlet de sa robe est en feu, comme pris par un éclair ; la jeune fille, ne semblant pas s'en rendre compte, est debout face à la lune blanche, brillante. Dans la version vivante de cette image, le soir du feu de joie, ce n'est pas la lune qu'Héloïse regarde, mais celle qu'elle aime, Marianne, la peintre chargée de faire son portrait. Séparées l'une de l'autre par le feu, elles se regardent avec intensité, jusqu'à ce que le bas de la robe d'Héloïse prenne feu, sa robe comme son cœur et son corps tout entier.

Mais il y a une troisième femme dans *Portrait de la jeune fille en feu* : c'est la servante avec qui elles jouent aux cartes en buvant du vin, le soir, devant le feu. Avec qui elles marchent au bord de la mer pendant la journée. Avec qui elles assistent au feu de joie. Avec qui elles lisent *Les Métamorphoses* d'Ovide, à la lumière d'une bougie, s'expliquant le mythe d'Orphée et Eurydice. Cette jeune servante, Sophie, est la complice et l'amie avec qui elles forment un triangle de femmes. Si Sophie est au service de quelque chose, c'est bien de l'amour : elle est le comburant nécessaire à ce feu amoureux passionné et interdit.

Février 2020. Le soir de la cérémonie des César, assise dans la salle au moment où on annonce l'attribution du prix du meilleur réalisateur à Roman Polanski, Adèle Haenel se lève, majestueuse dans sa robe de soirée et ses talons hauts, et traverse la salle d'un seul pas. Elle qui vient de dénoncer Christophe Ruggia pour agression sexuelle. Elle qui joue le rôle principal d'un film acclamé par le public et la critique partout où il est présenté et qui se trouve boudé, ce soir-là, par l'Académie des César. Adèle Haenel s'exclame : *La honte !* puis sort de la salle. La jeune fille en feu amoureuse devient la jeune fille en feu désobéissante, brûlée vive devant public, pendant que Roman Polanski, lui, renaît de ses cendres. *Désormais, on se lève et on se barre*, écrit Virginie Despentes le lendemain, trouvant dans le geste de l'actrice l'équivalent de toute une bibliothèque féministe. En quittant la salle, la jeune fille en feu a refusé le silence imposé, l'omerta concernant les réalisateurs agresseurs, l'adoration des dominants contre le supplice des dominé·e·s. En quittant la salle ainsi, l'actrice *met le feu à l'Académie* (Paul B. Preciado).

Georges Didi-Huberman, de passage à Rome il y a une trentaine d'années, a constaté la présence des lucioles sur la colline du Pincio, au-dessus de la Piazza del Popolo, dans le parc où se trouve la Villa Médicis. Depuis, le « bois de bambous » du Pincio a été rasé et les lucioles ont, sans doute, véritablement disparu. Mais l'historien de l'art refuse le pessimisme et se met en quête des lucioles et de leur survivance. Il commence par un arrêt auprès d'Osamu Shimomura, un survivant de la bombe atomique lancée sur Nagasaki qui a consacré sa vie aux phénomènes de bioluminescence manifestes chez certaines méduses et chez les lucioles, ces phénomènes dits de luciférase, qu'on ne peut saisir que pendant qu'ils se produisent, c'est-à-dire au moment où ça éclaire, dans le présent de la survivance. Ça ne sert à rien d'attraper une luciole pour l'épingler et l'observer : elle ne clignotera pas. On ne peut la voir que quand elle est vivante, en train de voleter.

Rome : dans le monument à Victor-Emmanuel II, près de la tombe du Soldat inconnu, brûle une flamme éternelle. Une autre de ces flammes brûle au cimetière d'Arlington, en Virginie, sur la tombe de John F. Kennedy. Une autre encore à Paris, dans la crypte du souvenir des six millions de Juifs victimes de la Shoah. Partout, sur la planète, des flammes brûlent qu'on ne cesse d'alimenter en commémoration de tragédies. Moi, je cherche une flamme éternelle qui brûle au nom des femmes.

Close your eyes, give me your hand, darling / Do you feel my heart beating? / Do you understand? / Do you feel the same? / Am I only dreaming? / Or is this burning an eternal flame? (The Bangles)

Mon amour pour toi aura été une permission, comme celle des soldats, temps de repos loin de la caserne ou du champ de bataille, libération d'une féminité-corset, d'une féminité-sourire, d'une féminité-douceur, d'une féminité-silence, d'une féminité dont l'essence même serait tributaire de la maternité. Vivre avec toi m'a permis de mettre le feu au féminin et au maternel parce que ce n'est pas moi qui t'ai fabriquée, c'est toi qui m'as faite, c'est toi qui me fais chaque jour de ma vie. Tu l'as déjà dit : *Nous avons grandi ensemble.*

On dit : foyer conjugal. On dit : fonder un foyer. On pourrait dire : foyer maternel, ou sororal. On pourrait dire, aussi : foyer féministe. Là où le féminisme vit, où on l'alimente, où on en nourrit le feu.

Quand Anna Klumpke arrive au château de By pour peindre le portrait de Rosa Bonheur, elle ne soupçonne pas qu'elle y sera longtemps, que son modèle lui en fera voir de toutes les couleurs, qu'elle va changer de vêtements, résister aux séances de pose, interroger la technique, prévoir des activités autres que poser, des repas et des visites, autant de stratagèmes pour que la jeune femme, sa cadette de trente-cinq années, reste le plus longtemps possible auprès d'elle. Autant de tactiques pour éviter de lui déclarer son amour et son désir de finir sa vie à ses côtés. *Ne voudriez-vous pas rester auprès de votre vieille amie, qui vous adoptera comme si vous étiez son enfant, et qui vous aidera à faire de belles choses en peinture ?* Anna, comblée de joie, demande néanmoins à Rosa si elle ne craint pas les réactions des gens autour d'elle, des membres de sa famille. Mais Rosa n'a plus de famille depuis la mort de celle qui était sa compagne, Nathalie, et la perte de la fille de cette dernière. *Et puis,* dit-elle, *pour vivre l'un auprès de l'autre, il faut ressentir une sympathie mutuelle, et avoir les mêmes idées. Si je vous aime à ce point, c'est parce qu'il y a des moments où vous me rappelez ma mère. Vous avez l'ovale de sa tête, ses yeux, son profil et jusqu'à ses mains. Je me suis souvent demandé si ce n'est pas l'âme de ma mère qui vous a amenée auprès de moi pour être la consolation de mes derniers jours, pour m'aider à faire encore de belles choses avant d'aller la rejoindre…*

On parle de folie du feu pour décrire le pouvoir de sidération que le feu peut exercer sur les humains (Joëlle Zask). Panique qui paralyse. Perte de repères et de maîtrise de soi. Asphyxie, aveuglement, engourdissement, stupeur. L'expérience du feu dépasse la conscience. Le feu vampirise le cerveau. Le feu fascine, aussi, nous plonge dans une contemplation horrifiée. C'est pareil pour les animaux qui, devant le feu, n'ont pas le réflexe de fuir, plutôt celui de se tapir, de rester dans leur abri même si le feu y est pris.

Quand on tombe amoureux·ses, on fonce les yeux fermés dans l'amour. Quand on se bat pour une cause, quand on défend des idées, quand on met son corps et sa pensée au service d'une lutte pour la justice, est-ce qu'il ne faut pas aussi être, un tant soit peu, aveuglé·e·s ?

Décembre 2019. En Nouvelle-Galles du Sud, d'immenses feux ont ravagé près de 20 millions d'hectares de terrain et des milliers de bâtiments. Des centaines de personnes mortes, des milliers d'autres blessées. La faune et la flore atteintes, la biodiversité menacée. Des millions de tonnes de CO_2 émises. Au cours de l'année, un incendie après l'autre s'est déclaré un peu partout sur la planète, et même dans des endroits humides. En Amazonie, par exemple, ou au Pantanal, cette écorégion d'Amérique du Sud qui abrite une diversité animale impressionnante (jaguars, aras bleus, loutres géantes…) et dans laquelle on mesure ce qu'on appelle le « pouls de l'inondation » : comme une immense baignoire, la savane se gonfle d'eau pendant la saison des pluies, puis s'assèche durant le reste de l'année. Ce bain a un effet régulateur sur le climat, il purifie l'eau, emmagasine le carbone. Le Pantanal en feu, c'est toute la planète qui manque d'air. En Californie, les mégafeux ont détruit plus de trois millions d'acres, les résident·e·s respirent de l'air toxique, les pannes d'électricité se multiplient et la chaleur monte, monte, monte sous un ciel couleur d'orange, des couchers de soleil rouge sang. Et après, voitures abandonnées et calcinées, arbres décharnés, tapis de cendres, villes fantômes, tout est à recommencer.

La Californie jouit d'un climat constant, équilibré par la présence de la fraîcheur et l'humidité de l'océan Pacifique d'un côté, et, de l'autre, de montagnes qui protègent les communautés côtières du désert. Mais à l'automne et au début de l'hiver, le Santa Ana, un vent chaud et sec qui pousse de l'intérieur des terres de l'Ouest américain, se lève. Soudain, le paradis se transforme en enfer. C'est un système de haute pression qu'on associe aux migraines, aux allergies, aux accès de folie. Quand ces courants d'air, qui planent au-dessus du continent, descendent au niveau de la mer et traversent les montagnes, ils deviennent encore plus chauds et secs, rapides et destructeurs. On cite souvent la description que fait Joan Didion de Los Angeles, de la Californie, et plus particulièrement, du Santa Ana. *Alors, le bébé s'agite, la bonne boude, le voisin se promène autour de chez lui une machette à la main, et je me dispute avec la compagnie téléphonique*, écrit-elle pour saisir l'atmosphère entourant la levée de ce vent. Selon des missionnaires espagnols, le Santa Ana est le vent du diable : quand il se lève, tout peut arriver. Il est capable de provoquer la dépression autant que la brutalité, la tristesse autant que les excès. Les chiens font le tour du terrain comme des hyènes en cage. Les bêtes mettent bas dans leurs enclos. Les pyromanes sont excités par la chaleur et le vent qui passe entre leurs doigts. Les feux allumés par le Santa Ana ont tendance à naître vers minuit, deux heures ou quatre heures du matin, à Malibu. Mais les agences responsables de la gestion des feux se concentrent sur les combustibles plutôt que sur le vent. C'est là la frustration de Max Moritz, qui traque le Santa Ana depuis son laboratoire de l'université de Berkeley. Si on acceptait de prendre en compte le trajet de ce vent, on pourrait mieux prévoir l'apparition des feux.

Il faudrait inventer des formules d'engagement à l'inverse des mises en garde affichées pour protéger les forêts (*évitez de faire* des feux, attention aux feux, feux interdits), quelque chose comme : *Pour la suite de votre monde, pour garantir votre place dans ce monde, privilégier les consignes suivantes : nourrir le feu, alimenter le feu, prendre soin du feu.*

Dans le manuel du groupe Extinction Rebellion dont tu fais partie, je lis : *Ce livre peut être difficile à lire. Vous pourriez éprouver de la tristesse, ou un vide, ou de la culpabilité, ou de la colère, ou de la peur, ou rien du tout. Mais au bout du compte, il a à voir avec l'amour. Avec l'amour qu'on devrait sentir pour l'humanité et avec l'amour qu'on devrait sentir pour la planète. L'amour qui manque, en ce moment. Et l'amour dont on a désespérément besoin. L'amour et la paix. Il faut se rebeller pour la vie.*

Janvier 2021. Onze millions de Californien·ne·s sont en zone rouge, menacé·e·s par les feux. Le temps est sec, il fait chaud, il y a du vent, toutes les conditions sont rassemblées pour leur faire revivre le Bond Fire de décembre dernier, ou le Thomas Fire de décembre 2017, ou le Camp Fire qui a duré du 8 au 26 novembre 2018 et qui a détruit le paradis. En effet, la ville de Paradise a été emportée par les flammes, qui ont laissé derrière elles un enfer de bois calciné, de métal fondu et de cendres. Près de cent personnes ont perdu la vie en essayant d'échapper aux incendies. Deux ans plus tard, Bill Johnson, le directeur général de la compagnie PG&E, a reconnu quatre-vingt-quatre fois que sa compagnie était coupable de meurtre. Au terme d'une bataille de deux ans, les familles des victimes mortes pendant l'incendie de Paradise se partageront la somme de 3,5 millions de dollars. C'est un fil brisé lié à la tour de transmission électrique désuète Caribou-Palermo qui a déclenché le Camp Fire. Cette tour n'avait pas fait l'objet d'une inspection depuis 2001, même si la ligne électrique traversait une forêt.

Le réchauffement climatique est un enfer créé à l'intérieur du paradis, mais il y a aussi des paradis qui prennent forme dans cet enfer : ce sont les communautés, les alliances nées de la compassion des gens, de leur inventivité, de leurs élans de survie.

Février 2021. Le Texas est sous la neige et plongé dans le froid, pannes de courant, pales d'éoliennes figées dans la glace, panneaux solaires inutiles sous les nuages, blessures et décès.

L'héroïne Erin Brockovich n'a pas eu peur de s'en prendre aux *big boys* de la compagnie PG&E en luttant contre la contamination de l'eau par le chrome 6, anticorrosif hautement toxique, cancérigène. Elle se décrit comme meneuse de claque et porte-voix. Elle se bat pour l'accès à l'eau potable pour tout le monde, à Flint, par exemple, banlieue de Détroit où l'eau est contaminée par le plomb. Elle se bat contre la contamination de l'eau par l'acide perfluorooctanoïque, ingrédient clé du Teflon. Un réseau s'est établi autour d'elle, des alliances entre différents pays. On lui envoie sans arrêt des photos de lavabos remplis d'eaux souillées. Erin Brockovich raconte qu'à la naissance de sa petite-fille, alors qu'elle se sentait épuisée par la lutte, qu'elle avait envie de baisser les bras, elle les a ouverts pour accueillir le nouveau bébé avec la conviction profonde qu'il fallait continuer la lutte climatique pour que cette enfant et tou·te·s les autres puissent vivre vraiment.

Laurent de Sutter, professeur de droit à l'université libre de Bruxelles, n'a pas pu s'empêcher d'écrire à Greta Thunberg. Tout conscient qu'il était de l'avalanche de commentaires dont la jeune femme était l'objet, il n'a pu se retenir d'y participer, et il s'en excuse : *Chère Greta, Pardonnez-moi de vous écrire*. Dans le concert de louanges et de critiques, d'éloges et d'invectives, ces dernières proférées d'abord et avant tout par des hommes blancs, Laurent de Sutter vient ajouter sa voix. Lui aussi, malgré ses bonnes intentions, fait entendre son paternalisme. Lui aussi, malgré l'admiration qu'il porte à la jeune femme, ne peut s'empêcher de lui écrire de haut, et ce qu'il écrit a à voir avec le feu de Greta Thunberg, sa grève d'écolière : Greta Thunberg retournera sur les bancs d'école quand les gouvernements seront véritablement passés à l'action, c'est-à-dire quand ils auront reconnu le prix du capitalisme, combien ce système « coûte » à l'environnement. Quand ils auront accepté de céder certains privilèges, de renoncer à certaines pratiques, pour mettre en avant, dans leurs prises de décisions, les questions environnementales. Car sinon, à quoi ça sert d'étudier ? Voilà pourquoi Laurent de Sutter décrit Greta Thunberg comme un *scandale* : non seulement l'élève fait la grève de l'éducation pour porter un message politique, mais elle ne peut pas être tout simplement écartée par *les intellectuels* (je note, ici, le masculin utilisé par Laurent de Sutter) puisqu'elle a raison.

Je vous vois, toi et les tien·ne·s, debout sur un ring. Chaque fois que vous brandissez devant nous le réchauffement climatique, c'est un coup que vous assenez aux climatosceptiques, aux cyniques, aux ignorant·e·s, aux inconscient·e·s, à toutes celles et à tous ceux qui choisissent de rester passif·ve·s sur le bord de la route pendant l'accident. Des coups donnés à ceux, aussi, qui profitent de la crise climatique pour défendre des positions écofascistes et un nationalisme blanc : protéger sa nation, son pays, contre les immigrant·e·s et les réfugié·e·s de façon à garder les ressources pour soi. Plus vous allez frapper fort, plus ils vont s'opposer, plus ils seront enragés, et ça va être comme ça jusqu'à ce qu'ils soient détachés du bloc dans lequel nous sommes tou·te·s amalgamé·e·s. En fait, ce n'est pas de la boxe que vous faites, mais de la sculpture : vous sculptez le monde. Vous lui cherchez une nouvelle forme pour essayer de le sauver.

La force de Greta Thunberg réside dans sa défense d'une seule idée, et dans sa mission : transmettre cette obsession. *J'espère que le micro était allumé*, dit-elle à la fin d'un discours, *j'espère que vous pouviez tous m'entendre.* Greta Thunberg est une apôtre. Elle parle pour une vérité à laquelle elle dédie sa vie. Elle est une voix. Elle est le message porté. Elle est cette élève assise devant le Parlement qui refuse de retourner à l'école, lieu du savoir, justement, lieu où elle est censée apprendre. Elle est l'actualisation du *no future* : à quoi ça sert d'étudier si cette planète est en péril ? Greta Thunberg joue le tout pour le tout. Il n'y aura plus de médiocrité, plus de solutions de rechange, plus de langue de bois. Ne comptent désormais que les gestes. C'est là la force de la jeune femme, sa fragilité mise au profit de sa lutte, son corps à l'image de la planète : elle attend. Elle est assise, et elle attend. En elle, la spectatrice innocente se transforme en témoin. De deux choses l'une : ou bien les adultes vont finir par agir, ou bien le pire va se produire.

Avec ses mots, l'enfant construit une porte, une maison où l'adulte peut entrer (Francesco Alberoni), une demeure à achever, une construction à faire ensemble.

Octobre 2018. Quand Alain Elkann lui demande si elle habite depuis longtemps dans la maison qui donne sur la rivière Hudson, Toni Morrison répond que oui, mais que cette maison où elle donne l'entrevue a brûlé, et qu'il a fallu vivre ailleurs en attendant qu'elle soit reconstruite. Cet incendie a eu lieu moins de trois mois après la réception de son prix Nobel. Le 25 décembre 1993, pendant un feu de foyer banal, l'éclat d'une étincelle tombe dans les épines de sapin devant l'âtre, puis se répand jusqu'au divan. Personne ne s'en rend compte. Toni Morrison n'est pas là. Un de ses enfants se trouve à l'étage du haut, mais quand il descend, les flammes traversent déjà le toit de la maison. Le fils est sain et sauf, les pompiers sont appelés, mais c'est l'hiver, il fait très froid, l'eau a gelé dans les tuyaux. Tout est perdu, la maison est réduite en cendres et des années de souvenirs sont emportées par le feu. *Quand je pense au feu, je me dis que je ne m'en remettrai jamais, jamais, jamais.* Toni Morrison écrivait à la main, sur des tablettes de papier jaune. Elle gardait ses manuscrits dans une boîte, sous son lit, comme si de les avoir près d'elle, plutôt que de les laisser au sous-sol, pouvait les protéger. Mais ce qui lui a fait le plus de peine, ce n'est pas la perte de ses manuscrits, c'est celle des photos de famille, des bulletins scolaires, de quelques vêtements particulièrement aimés. Et celle des plantes nourries pendant si longtemps.

Tu fais partie d'une communauté de brûlé·e·s à qui il faut peut-être une nouvelle peau de mots pour calmer la douleur, pour vous protéger. Didier Anzieu raconte l'histoire de cette doctorante en psychologie qui, dans un service pour grand·e·s brûlé·e·s, réussit à les aider en restant auprès d'eux pour les faire parler. Elle tisse avec eux une peau de mots qui permet de contenir les affects douloureux, qui rend plus tolérable la souffrance causée par leur écorchement. Peut-être que t'écrire, ici, a à voir avec ce geste-là : fabriquer une peau-poèmes, une peau-fragments, une peau-slogans.

Au Québec, un tiers des adolescent·e·s, pendant la pandémie, vivaient de la détresse psychique. Parmi eux et elles, un pourcentage plus élevé de filles présentant un niveau significatif de symptômes dépressifs notamment une perte d'espoir dans l'avenir, un sentiment de dévalorisation et une grande solitude (Kristel Tardif-Grenier).

Février 2021. Une jeune Japonaise brise le silence sur la souffrance psychique chez les jeunes femmes de son pays, dont le taux de suicide a augmenté dans le contexte de la pandémie. Deux semaines plus tôt, le gouvernement japonais a créé un ministère de la Solitude, à l'image de celui fondé en 2018 au Royaume-Uni, chargé de mettre en place des mesures visant à contrer l'isolement et à prévenir les suicides.

On vous décrit comme des enfants-rois, des enfants-reines. Vous pour qui l'avenir est bouché. Vous dont la souffrance psychique est palpable. Vous dont la génération est affligée par la dépression, l'anxiété, selon les spécialistes. On préfère vous penser capricieux·ses plutôt que d'admettre qu'on ne veut rien entendre de vos cris.

De vos demandes. Qu'on n'en a rien à faire de votre exigence. De votre lucidité. De vos paroles impitoyables de vérité. De votre tristesse, aussi, profonde, et de votre déception. Ce n'est pas de la peur que vous ressentez envers les adultes qui vous entourent, c'est de la honte. Nous vous faisons honte. Un jour, c'est sûr, vous mettrez le feu aux poudres.

La sagesse, en cette époque qui se trouve devant la possibilité de la fin de tout, devant une apocalypse scientifiquement annoncée, consiste à *faire coïncider la pensée avec le pansement*, écrit Bernard Stiegler. Le philosophe voit en Greta Thunberg une jeune fille tragique, envers qui d'aucuns réagissent avec colère, parfois même avec haine (elle reçoit des menaces de mort), la qualifiant de folle pour mettre K.-O. sa démesure stratégique. *Pirralha*, dit le leader brésilien d'extrême droite Jair Bolsonaro, petite peste. Ça se passe après qu'elle a dénoncé les meurtres de peuples indigènes qui tentaient de protéger leurs forêts de la déforestation illégale. Si, dans les sociétés religieuses anciennes, la colère et autres humeurs extrêmes pouvaient s'apparenter au sacré, ce n'est pas le cas aujourd'hui, d'où la meute qui attaque la jeune femme. Des loups, des chiens, des barbares qui n'ont plus accès à la raison et se contentent d'insulter. *Comment une telle porcherie est-elle possible ?* demande Bernard Stiegler, pour qui les méchants sont ceux qui ne savent saisir aucune chance parce qu'ils ont perdu toute capacité à s'incliner devant ce qui est noble et qu'ils veulent, de ce fait, anéantir. Bernard Stiegler s'est enlevé la vie peu de temps après la parution du deuxième tome de son essai *Qu'appelle-t-on panser ? La leçon de Greta Thunberg*. Père de quatre enfants, il avait créé l'Association des amis de la génération Thunberg. Au moment de sa mort, on a rappelé son parcours singulier, cinq ans de prison quand il était jeune pour braquages à main armée, années durant lesquelles il a entrepris à distance des études de philosophie. Je me souviens de mon amie Sylvie, professeure avec moi dans le sud de l'Angleterre, qui m'avait raconté une soirée qu'elle avait passée avec lui. Sylvie préférait les femmes, mais elle aurait pu, disait-elle, tomber amoureuse de cet homme-là, si sensible et si intelligent.

On demande aux enfants de bien se comporter, c'est-à-dire de respecter les adultes, de ne pas les bousculer, de ne pas les déranger. Greta Thunberg renverse la vapeur : elle accuse les adultes d'agir comme des enfants irresponsables et gâtés. Elle demande d'honorer les jeunes. Que les adultes respectent leur descendance. Que nous prenions vraiment en compte les humain·e·s venu·e·s après nous et qui vont rester plus longtemps que nous sur cette planète. Greta Thunberg insiste, persiste, résiste, et sa passion (avec celle de Youth for Climate et d'Extinction Rebellion) brise un silence honteux, oblige à sortir du déni. Parce que Greta Thunberg parle au nom du vivant : *Je dois parfois être émotive, ça me semble raisonnable. Qu'est-ce qui se passerait si je me levais et que je me mettais à crier, ici ?*

Le monde ne cesse de devenir de plus en plus chaud et de plus en plus fou, mais on ne s'arrête pas, on ne réfléchit pas, on n'apprend pas, on continue tout bonnement à courir en direction du prochain désastre, et je me demande : et maintenant ? Où allons-nous ? Quand est-ce que ça va s'arrêter ? (Muriel Deacon, la grand-mère jouée par Anne Reid dans *Years and Years*)

Dans la bouche des climatosceptiques antiféministes de droite, Greta Thunberg est prophète de malheur, collapsologue, diseuse de mauvaise aventure, hystérique, messie, charlatane, arrogante, marionnette instrumentalisée par la gauche militante.

La première séquence du documentaire *I Am Greta* montre des images de la jeune femme à bord du yacht qui lui a permis de traverser l'Atlantique. Vient ensuite la perspective depuis un avion survolant de grands feux de forêt. *Je suis Greta*, je suis le feu, et ma maison, c'est le monde entier.

Nous devons toutes et tous être des *girls eco-warriors* comme Greta Thunberg, Autumn Peltier, Xiye Bastida, Scout Pronto Breslin, Sara Lamontagne, India Logan-Riley, Nakabuye Hilda F., Vanessa Nakate, Luisa Neubauer, Ridhima Pandey, Shalvi Shakshi, Brianna Fruean, Isra Hirsi, Winnie Asiti, Adenike Oladosu, Jamie Margolin.

Tu fais partie d'une génération que certain·e·s adultes aiment comparer, pour vous caricaturer, à des flocons de neige : des êtres fragiles qu'un rien ne heurte, facilement vexé·e·s, blessé·e·s. Apparue dans les années 1990, l'expression « génération *snowflake* » a refait surface et pris de l'ampleur en 2016, avec les élections américaines gagnées par Donald Trump. Au départ, il s'agit d'une phrase de Chuck Palahniuk dans *Fight Club* : *Vous n'êtes pas un flocon de neige unique et magnifique. Vous êtes fait de la même matière organique périssable que tout le monde.* Au lieu d'entendre l'insulte qui vous colle à la peau, peau considérée hypersensible et susceptible par les adultes, j'ai envie d'entendre l'expression dans vos bouches à vous, dénonçant notre organicité à tou·te·s. Si vous êtes des flocons de neige, c'est que vous êtes toujours sur le point de disparaître. Votre vie est en péril. Pendant combien de temps allez-vous pouvoir continuer à respirer librement ? On dit que vous êtes la génération anxieuse comme si vous étiez une génération perdue, des jeunes désabusé·e·s, des incapables, des raté·e·s. Mais est-ce que cette anxiété n'est pas la marque de votre engagement ? La façon dont vous faites écho à ce monde, résonnez avec lui ? Tremblant·e·s, plongé·e·s dans la peur de perdre connaissance, convaincu·e·s de souffrir de maladies mortelles, paniqué·e·s, le souffle court, le cœur qui bat la chamade, les mains moites, vous êtes au poste de veille et vous ne le quittez pas. Vous êtes précipité·e·s dans l'état permanent d'une hypervigilance parce que vous savez que tout peut arriver et à n'importe quel moment. Au fond, vous incarnez l'état des choses, vous portez la fin du monde, le *no future*, dans votre corps lui-même comme une sorte de rappel. Les feux de sécurité clignotent, les alarmes crient, *duck and cover*. Vous ne cessez de nous mettre en garde et on ne veut rien entendre. On n'y croit pas. Ce n'est pas vrai, seulement un banal exercice d'incendie, les signes anxieux sont hystériques, une performance, du cinéma, et on repousse ainsi à demain une véritable prise en compte des changements climatiques. On y croit en surface, mais en vérité, ça ne nous touche pas. Voilà pourquoi vous nous tenez en joue. Votre arme, c'est votre corps troublé. Votre peur est braquée contre notre tempe.

L'anxiété apparaît souvent au moment d'un deuil important ou d'une peine d'amour. Comme si le corps soudainement ne savait plus vivre. Comme s'il voulait suivre la personne disparue dans la mort, ou rester à jamais dans l'attente épouvantable de l'amour perdu. Tes ami·e·s et toi, vous êtes en deuil de l'avenir. Vous vous tenez debout devant un horizon non seulement incertain, flou, mais, par moments, carrément inexistant. Qu'allez-vous faire dans la vie ? Comment allez-vous pouvoir avancer dans le monde ? Pourrez-vous travailler, voyager, étudier, avoir un foyer ou des enfants ? Et pire encore : allez-vous pouvoir manger à votre faim ? Votre santé sera-t-elle sans cesse menacée ?

Devrez-vous porter des masques en permanence pour vous protéger ? L'écart entre les classes sociales sera-t-il si important que ne vivront correctement, sur cette planète, qu'une poignée d'individus pendant que tou·te·s les autres devront lutter pour leur survie ? Combien de réfugié·e·s mourront pendant leurs déplacements forcés, perçus comme des criminels, des envahisseurs, des fautifs, des personnes liquidables, infra-humains dépourvus de droits ? On aime s'imaginer des formes de vie étrangères à l'humanité, plus proches des animaux ou des insectes, et qui viendraient s'installer ici, *aliens* nés de notre manque d'imagination. Mais nous sommes nos pires ennemi·e·s, et ça, vous l'avez déjà compris.

Juillet 2020. Terry Kaelber écrit, dans le *Washington Post*, qu'il est entré dans le monde du deuil deux ans plus tôt, quand son mari David Buckel s'est immolé dans

Prospect Park. Ils étaient ensemble depuis trente-quatre ans. Le deuil ne vous lâche pas, écrit-il : *Quand on pense qu'enfin on est de l'autre côté, voilà que soudain ça nous rattrape, comme une vague qui nous ravale et nous replonge dans la douleur.* Mais peut-être que c'était là, justement, le geste politique de l'environnementaliste. Moins dans la lettre aux médias et dans les messages envoyés à ses proches au sujet du réchauffement climatique que dans ce deuil auquel il nous force à nous abandonner. Le deuil d'une personne aimée à l'image du deuil annoncé de cette planète. Seuls la tristesse et son infini ressac ont le pouvoir de nous mobiliser.

Ça ne changera rien au fait que tout est votre faute. Tout. Les banques, le gouvernement, la récession, l'Amérique, [la politicienne d'extrême droite] *Mme Rook… Absolument tout. Tout ce qui a déraillé, c'est votre faute. On est responsables, tous autant qu'on est. On met tout sur le dos des autres. On accuse l'économie, on accuse l'Europe, l'opposition, le climat. On se prétend victimes du cours de l'histoire. Comme si on ne contrôlait rien, qu'on était impuissants, faibles, insignifiants… Mais c'est quand même notre faute. Vous savez pourquoi ? C'est le tee-shirt à une livre. Un tee-shirt qui coûte une livre ! On est incapables d'y résister, tous autant qu'on est. On voit un tee-shirt à une livre et on se dit : « C'est donné, je le prends. » Et on l'achète. Pas pour une grande occasion, mais à porter sous un pull en hiver, ça ira. Le gérant du magasin touche vingt-cinq malheureux sous pour ce tee-shirt. Et le paysan dans son champ touche une fraction d'un sou. Et nous tous, on trouve ça bien. On donne notre pièce de une livre et on adhère à ce système pour la vie. J'ai remarqué le problème quand ça a commencé dans les supermarchés. Quand on a remplacé les caissières par des caisses automatiques. Et vous n'avez rien fait. En les voyant il y a vingt ans, vous avez fait demi-tour ? Vous avez écrit pour vous plaindre ? Vous avez changé de magasin ? Non. Vous avez râlé et vous avez fait avec. Et maintenant, toutes ces femmes ont disparu. On a laissé faire. Et je crois qu'on les aime, ces automates. On les veut. Parce que grâce à eux, on peut faire nos courses sans avoir à regarder cette femme en face. Celle qui est moins payée que nous. Elle a disparu. On s'est débarrassés d'elle. On l'a virée. Bravo. Alors oui, c'est notre faute. C'est le monde que nous avons bâti. Félicitations. Santé !* (Muriel Reid dans *Years and Years*)

Svetlana Alexievitch raconte notre *transformation en humains de Tchernobyl* à partir de cette supplication d'une jeune femme demandant de voir son époux pompier, envoyé à la centrale nucléaire pour éteindre le feu et maintenant alité à l'hôpital. Mourant. *J'ai supplié*, dit-elle, *je l'aime* ! On lui répond que ce n'est plus l'homme qu'elle aime, que c'est un objet qui doit être désactivé. Elle est enceinte, elle cache sa grossesse et, la nuit, elle grimpe voir son mari par l'échelle de pompier. Elle voit sa peau se retourner comme un gant, tout ce qui était à l'intérieur apparaître à l'extérieur. Un devenir-monstre. Un devenir-nucléaire. Quelques mois plus tard, une petite fille est née, elle n'a vécu que quelques jours. C'est elle qui avait absorbé les radiations au lieu de sa mère. *Est-ce que l'amour peut tuer ?* demande la jeune femme. *Pourquoi c'est si proche, l'amour et la mort ? Ça va toujours ensemble. Qui peut m'expliquer ça ?*

Est-il vrai que le contraire de la mort, ce n'est pas la vie, mais l'espoir ? Se rendre compte que la mort est imminente ne signifie pas se vautrer dans le désespoir ; c'est précisément l'inverse. Regarder les choses en face a à voir avec une forme d'humilité, parce qu'on ne sait pas ce qui attend ce monde, *on ne comprend pas tout. On ne peut pas anticiper ce que l'avenir nous promet de joies, de beautés, et de possibilités* (Robert Bringhurst).

La psychologue américaine Renee Lertzman travaille sur l'écoanxiété, la dépression, le syndrome post-traumatique relié à la destruction de l'environnement par les humain·e·s. Elle compare l'état des jeunes à celui des personnes de sa génération qui ont grandi sous la menace du nucléaire, cette menace existentielle rendue palpable par les exercices de confinement, mais dont on ne pouvait pas savoir à quel moment elle allait frapper, sous quel prétexte et avec quelles conséquences sur le monde vivant.

Nous savons que ce défi est effrayant, titanesque, écrivent les membres d'Extinction Rebellion, parce que le problème, ce n'est pas seulement le climat. *Le problème, c'est l'écologie. Le problème, c'est l'environnement. Le problème, c'est la biodiversité. Le problème, c'est le capitalisme. Le problème, c'est le pouvoir. Le problème, c'est l'inégalité. Le problème, c'est la cupidité et la corruption et l'argent et ce système poussiéreux et brisé. Le problème, c'est notre incapacité à imaginer une autre façon de faire.*

À la fin du discours qu'elle a livré à la réception de son prix Nobel, Svetlana Alexievitch affirme qu'elle a trois foyers : la Biélorussie, terre paternelle, l'Ukraine, terre maternelle, et la grande culture russe, sans laquelle elle ne peut s'imaginer. *Tous les trois*, dit-elle, *sont chers à mon cœur. Mais de nos jours, il est difficile de parler d'amour.*

C'est Anastasia qui avait mis entre mes mains *La guerre n'a pas un visage de femme*, et aussi le film *Come and See*, d'Elem Klimov, adaptation de l'œuvre d'Ales Adamovich – une des inspirations les plus importantes de Svetlana Alexievitch. On assiste, dans ce film, à la lutte des Biélorusses contre l'invasion des Allemands, à la mise à feu et à sang de leur pays, mais aussi à la mise en œuvre, sous les ordres de Staline, de la politique de la terre brûlée. Les Biélorusses ont incendié ponts et voies ferrées, champs, forêts, villages, et après avoir tout détruit pour empêcher l'envahisseur d'avoir accès à des ressources, une fois la guerre finie, Staline les a fait assassiner.

Dans l'épilogue de *La Supplication*, Svetlana Alexievitch mentionne une agence de voyages de Kiev qui propose des escapades à Tchernobyl, une tournée au cœur des villages morts… *Pour quelques dollars, visitez la mecque du nucléaire.*

Après la tragédie de Tchernobyl, des militaires ont été chargés de traverser la zone interdite pour y tuer tous les animaux, sans exception. Rats, chats, chiens, loups, chevreuils, vaches, chevaux.

Une immense culpabilité a rongé Claude Eatherly, pilote d'un avion de reconnaissance météo qui a participé au largage de la bombe atomique sur Hiroshima le 6 août 1945. Ça l'a presque rendu fou. Il était, comme d'autres soldats, à la fois proche et loin de la bombe, remplaçable, interchangeable, advenant sa résistance au commandement, et en même temps, au plus proche de ce que fait la bombe nucléaire. C'est ce que le philosophe Günther Anders a nommé la « honte prométhéenne », cette honte devant ce que l'homme a fabriqué, chose humiliante dont il est impossible d'être fier. Dans la correspondance entre Günther Anders et Claude Eatherly, il est question d'une lettre envoyée par des jeunes filles d'Hiroshima au pilote d'avion dont elles ont appris qu'il était rongé de culpabilité, qu'il avait dû séjourner dans un hôpital psychiatrique. Dans la lettre, elles lui transmettent leur compassion. Elles lui disent qu'il est comme elles, dont les visages et les membres ont été brûlés, qu'il est lui aussi une victime. Elles l'invitent à rejoindre la lutte contre la guerre, contre toutes les guerres, et signent, au bas de la page, de leurs trente et un noms.

Dans le *Protagoras*, Platon raconte la genèse de l'humanité, le vol du feu par Prométhée, comment celui-ci donne aux hommes la connaissance pour réparer l'erreur commise par son frère. Gaston Bachelard, lui, lit dans le mythe de Prométhée une histoire de père : celui qui souffre du complexe de Prométhée est celui qui est assoiffé de savoir. Celui qui cherche à en savoir autant, sinon plus, que son père, son maître. Et les mères, dans tout ça ? De quel complexe les filles souffrent-elles quand elles veulent en savoir autant sinon plus que leurs mères ? Quel est le complexe des jeunes filles qui veulent dépasser leurs maîtresses à penser ? Et s'il fallait penser les choses autrement que comme un dépassement ? Et s'il fallait tenter de se sortir de l'éternelle rivalité entre les filles et entre les femmes au profit de la domination masculine ? Sommes-nous capables de rester calmes les unes devant les autres au lieu de sans cesse chercher laquelle d'entre nous est la plus belle ?

Mon directeur de thèse est mort d'une pneumonie au début de la première vague du mouvement #MoiAussi. Il était malade, il a été intubé, il n'a pas pu être sauvé. Au moment où il a quitté sa maison pour l'hôpital, il lisait *Le monde est à toi* – je venais de le lui envoyer. Mon cœur s'est déchiré quand j'ai compris que j'avais perdu celui qui a été mon premier lecteur. Celui à qui j'ai toujours envoyé mes livres parce que toujours j'écrivais vers lui, toujours j'écrivais pour lui. À la réception du colis, il m'avait fait parvenir une carte postale, la dernière d'une longue série, où il me disait qu'il était impatient de lire ce livre, tout particulièrement parce que c'était un livre qui parlait de toi.

Je me souviens de *La Guerre du feu* (J.-J. Annaud, réal., 1982), l'histoire préhistorique d'une tribu capable de nourrir le feu, mais qui ne sait pas comment l'allumer. Leur seule flamme éteinte au cours d'une attaque, trois guerriers partent en quête du feu et, de tribu en tribu, ils finissent par le trouver grâce à une jeune fille, Ika. C'est elle qui leur montre comment faire tourner un bâton entre les paumes des mains pour que la friction contre la pierre fasse apparaître une frêle fumée. Comment souffler doucement sur le tison. Comment le nourrir délicatement d'herbe séchée. Ika leur apprend aussi la différence entre violer une femme et peut-être l'aimer. Rae Dawn Chong, l'actrice qui avait pour seul vêtement sa peau couverte d'un maquillage élaboré, a remporté un prix Génie pour son interprétation. Un tournage éreintant, relate-t-elle, l'horreur était bien réelle… Faire ce film était une expérience d'une dureté à en perdre son âme. La nudité totale des corps, une langue incompréhensible, des conditions dangereuses, et pourquoi ? demande-t-elle. Dans quel but ? Jean-Jacques Annaud est un réalisateur brillant, mais il ne parle pas pendant que le film se fait. Il ne dit rien, il ne dit pas ce qu'il cherche, tout le monde est forcé d'avancer avec lui dans le noir. Trente-trois ans après la sortie du film, Annaud orchestre une rencontre avec son ancienne équipe. Il les invite à manger et leur demande pardon. Il demande pardon à Rae Dawn Chong en particulier.

On préfère les femmes quand elles sont les actrices passives d'un scénario qu'elles n'ont pas choisi, nues, immobiles, muettes, offertes au regard. On les aime moins quand leur visage est tordu ou défait, quand leurs poings sont levés, quand leurs bouches sont ouvertes sur un cri ou qu'elles tapent du pied. Quand elles s'opposent, refusent, se rebiffent, crient, hurlent. Quand leurs joues, leur langue, leur tête, leur corps sont le foyer d'une rage incendiaire.

La technologie de pointe en matière de lutte contre les incendies comprend un robot appelé Colossus, pompier-machine, robot armé d'un tuyau rempli d'eau et d'une caméra thermique qui lui permet de repérer les fuites de gaz (Joëlle Zask). Un autre robot est capable de détecter les feux qui commencent et peut donc sauver le monde. Existent aussi des drones susceptibles de reconnaître les points chauds et de voir les corps humains qui s'y trouvent, et des casques de réalité virtuelle pour regarder dans la nuit, à travers les flammes ou la fumée.

Les pompiers sont vus comme des sauveurs. Contrairement aux forces de l'ordre ou aux militaires mis au service d'une guerre, les pompiers transpirent quelque chose de pur, de bon. Entièrement altruistes, ils mettent en péril leur vie pour sauver celle des autres. Grands, forts, concentrés, aimables, rieurs, ils partagent cette demeure qu'est la caserne, et incarnent la masculinité la plus virile et la moins toxique qui soit. En contrepartie, on les considère comme responsables de leur sort. Ainsi, si un pompier perd la vie pendant un mégafeu, on tend à lire l'incident de manière isolée au lieu de le penser dans son contexte, en élargissant l'angle (Joëlle Zask). Or, il faut cesser de voir les gestes du pompier comme individuels – comme c'est le cas dans *The Ten and Eighteen*, la bible américaine du pompier – et abandonner l'illusion du libre arbitre, car un pompier n'arrivera pas à maîtriser le feu en se maîtrisant lui-même : le mégafeu est plus grand que ça. Le mégafeu est affaire de collectivité.

Burn. Incursion dans la vie d'une brigade de pompiers à Détroit, ville fantôme. Pauvreté importante, maisons abandonnées, squats. Détroit est le paradis des pyromanes criminels. La caméra entre avec eux dans les immeubles incendiés, s'approche des portes, des fenêtres, attrape des images vives du monstre. Des pompiers si mal payés qu'ils n'ont pas assez d'argent pour vivre correctement. Aucune augmentation salariale depuis dix ans. De l'équipement tenu ensemble avec du *duct tape*. Les nuits d'été, impossible de dormir. Barbecues illégaux mal contrôlés. Feux de joie. On fait brûler des rats vivants pour les éliminer et les rats, en courant, sèment le feu autour d'eux. Un des pompiers de la caserne, trente ans, se retrouve paralysé à la suite d'une intervention au cours de laquelle un mur s'est écroulé. Et pourtant, tous, ils continuent. Sauver la ville, sauver leur fraternité de pompiers. Comme dit l'un d'eux : tant que vous n'avez pas mis votre vie en jeu pour autrui, vous ne pouvez pas savoir ce que c'est de sauver des vies. Détroit, ville brûlée, ville détruite, ville reconstruite. Le Heidelberg

Project est né au milieu des squats, art urbain, graffitis, installations, un arc-en-ciel est apparu dans l'enfer des maisons abandonnées contre l'arrière-fond de vies laissées pour compte parce qu'elles n'étaient pas blanches, ou riches, ou sobres, ou éduquées, ou en bonne santé.

C'est après avoir vu le lieu où il habitait avalé par les flammes d'un des feux de brousse les plus importants dans l'histoire de l'Australie, un feu qui avait été allumé par un pompier, que le journaliste Julian Morgans s'est intéressé à la pyromanie. Les études montrent que les pyromanes australiens, responsables de près de la moitié des feux, sont davantage isolés de leur famille et dépressifs. Julian Morgans prend contact avec David (nom fictif), arrêté pour pyromanie à la fin des années 1980, à l'âge de dix-huit ans. David, âgé d'une quarantaine d'années au moment de l'entretien, donne l'impression d'avoir été retenu dans l'adolescence. Il raconte que jusqu'à l'âge de douze ans, il était extroverti et optimiste, mais que tout a changé après qu'il a été violé par des amis. Retenu par l'un, violé par l'autre, celui qu'il considérait comme son meilleur ami. David n'a jamais raconté ce qui lui était arrivé, et il a battu en retraite dans sa chambre, jusqu'à ce que son père l'inscrive comme pompier bénévole. Au début, allumer un feu ne représentait pas un geste agressif, dit-il, c'était la manifestation d'un désir de faire partie de la communauté des pompiers. Mais bientôt, la pyromanie a pris le dessus, et allumer des feux s'accompagnait d'une excitation : le plaisir de réduire une forêt en cendres. Démasqué à la veille de ses dix-huit ans, il a été condamné à une année de thérapie et à des heures de travail communautaire. *Dieu merci*, dit-il, *parce que ainsi, j'ai pu être écouté et traité. S'il y a autant de feux en Australie, c'est peut-être parce qu'il y a beaucoup de personnes traumatisées…*

Les grands feux de forêt s'éteignent d'eux-mêmes, ou meurent de causes naturelles : celui de Yellowstone, en 1989, s'est éteint grâce à la neige, et c'est la pluie qui est venue à bout du Camp Fire de Californie en 2018. Les grands feux sont des catastrophes qui nous forcent à penser autrement, hors de la pensée binaire. Il vaut mieux faire dans la prévention que de réagir après, ce qui ne sert souvent à rien. Il faut quitter le paradigme de la guerre contre le feu pour tenter de comprendre la place des grands feux à l'intérieur d'une structure où sont associées différentes crises – celle des écosystèmes et celle du capitalisme, ces crises qui englobent tous les privilèges, toutes les dominations, toutes les inégalités, et qu'on ne peut isoler des crises dites naturelles (Joëlle Zask).

Si j'écrivais un roman de fin du monde, peut-être qu'il continuerait ainsi : Je suis recroquevillée sur la bâche à côté de toi. Tu t'étires dans la lumière du matin, cette lumière grise au fond de laquelle on devine une sphère ocre aux contours flous qui irradie quelque chose comme une chaleur lointaine, une douceur oubliée. Tu t'étires et, pendant un instant, tu oublies où nous sommes, la bâche sous nos corps, le matelas de feuilles mortes, le petit tas de cendres, le bâton de bois qu'on traîne partout au cas où, nos ongles noirs de terre et de suie, la peau des joues qui se desquame, les mèches de cheveux emmêlées. Pendant un instant, tu oublies qui nous sommes, ce que nous sommes devenues. Je t'observe, aujourd'hui comme depuis le premier jour, j'attends ton regard bleu sur moi, ce moment où en ouvrant les paupières nos yeux se rencontrent et tu apparais, encore une fois comme si c'était la première. *Salut, Maman*, et tu souris, tu souris malgré tout. Un sourire épuisé, mais un sourire quand même, et je me laisse couler à côté de toi, le cœur gonflé près d'éclater, mes bras t'enveloppent, ma tête dans ton cou, nous allons survivre à une autre journée. Le feu est mort depuis longtemps, j'en ferai un autre ce soir, le plus tard possible pour qu'il éclaire notre nuit. En attendant, c'est contre mon corps que tu dois te réchauffer.

– Ça va, Maman ?

– Ça va, ma chérie.

– J'ai fait un rêve, cette nuit…

Je me laisse bercer par ta voix qui raconte, une meute de loups mise en échec et une mère orignale apprivoisée avec son petit. Tu te bats toujours dans tes rêves, et le plus souvent tu remportes la bataille, tu es plus forte que les peurs qui, le jour, nous assiègent. Nous deux sur la route, seules face à la vie. Doucement, tu te redresses pour t'asseoir, et moi aussi. Nos sacs à dos sont sur le sol. Tu frottes tes mains ensemble pour te réchauffer, puis tu dis :

– Et si on faisait un feu ce matin ? Juste cette fois, d'accord ? Comme avant, quand on prenait un café en regardant la télé pour commencer la journée ? On fera semblant, un tout petit peu, et après on partira. Quand tu seras fatiguée, les sacs, c'est moi qui les porterai, et ce soir, avec un peu de chance, on pourra quand même faire un feu.

Je me lève et je te prends dans mes bras. Tu es toujours aussi menue, et avec le temps, je me suis un peu repliée sur moi, mais je te serre fort contre moi, fort contre tout, fort pour toujours rester auprès de toi. Les arbres tanguent doucement dans le vent. On dirait presque que le ciel va se dégager. On n'entend plus le chant des oiseaux, ni les hurlements des bêtes. Seuls restent les battements de nos cœurs qui résonnent, en cadence.

Nourrir le feu en toi, mon amour, c'est nourrir l'amour en même temps que la lutte, le lien en même temps que l'opposition, l'empathie, la compassion, le respect des autres en même temps que la colère, le désaveu et l'anarchie. C'est t'encourager, d'une manière ou d'une autre, à nourrir toi-même le feu, et s'il le faut, à l'ouvrir. Hier, devant ton anniversaire qui approche, tu me dis : *À dix-huit ans, je ne peux plus échapper à la prison !* Puis, en riant : *J'aurais dû profiter de mes derniers jours de liberté d'enfant pour faire un coup d'éclat !*

En 2015, l'artiste métis Christi Belcourt, en réaction au millier de filles et de femmes autochtones portées disparues, lance un appel : elle demande qu'on lui envoie des empeignes de mocassins. Rapidement, Christi Belcourt a reçu une centaine d'empeignes par jour, des plus simples aux plus décorées. Leur forme rappelle une pierre tombale, elles représentent le millier de filles et de femmes absentes, attendues, pleurées, gardées en mémoire par leurs communautés faute d'être défendues par les gouvernements. Qu'on cesse de dire qu'elles ont fugué. Qu'on cesse de les dénigrer. Qu'on se mette à vraiment les chercher. Depuis Winnipeg où elle a été montrée en premier, l'exposition *Marcher avec nos sœurs* a circulé à travers le Canada. À Sudbury, en janvier 2018, elle a été présentée dans le grand hall de l'école d'architecture où Patrick travaille. Il raconte que, devant son émotion, dès son arrivée sur le site, une des grands-mères l'a pris par le bras pour l'emmener à l'étage du bas. Là, elle lui a commandé de s'asseoir, près du feu. Puis elle a annoncé à celui qui alimentait les flammes que Patrick resterait là, pendant un moment, sans parler, enveloppé d'une couverture, dans le silence et le calme. Lui, un homme blanc cinquantenaire, professeur d'université, était incité, par ce geste à la fois doux et ferme, à regarder les choses en face et à laisser percoler la douleur.

L'art doit rendre le monde insupportable, en montrant à quel point le monde l'est dans la réalité, et c'est en montrant à quel point il est insupportable qu'on peut donner l'énergie et l'inspiration aux autres pour le rendre plus supportable, plus beau. (Édouard Louis)

On compare Greta Thunberg à Antigone plutôt qu'à Jeanne d'Arc : Antigone est-elle une vierge plus digne ? Plus intellectuelle, voire plus élégante dans son rapport à la loi et au pouvoir, dans le choix qu'elle fait de se suicider au nom de son frère ? Pourtant, la figure qui m'est le plus souvent apparue au cours des derniers mois, n'en déplaise au Front national qui, en France, se l'est appropriée, c'est bien celle de la pucelle d'Orléans. La messagère de Luc Besson (1999), la jeune fille messianique racontée par Kathryn Harrison (2014), mais plus encore, la vierge chevalière aux cheveux noirs et au regard sombre décrite avec affection par Vita Sackville-West (1936), qui s'assure de faire résonner sa voix en retranscrivant les procès. Jeanne d'Arc est la Jeannette de mon enfance, figure des petites filles scoutes, qui entendait la voix de Dieu. C'est la sorcière sacrifiée sur le bûcher après avoir sauvé la couronne du roi. Dans mon imaginaire, une chaîne de jeunes femmes. Jeanne d'Arc est Blandine dans la fosse aux lions dont on m'a fait le récit quand j'étais enfant et que j'ai toujours imaginée toute-puissante dans l'arène, les lions à ses pieds – c'est plus tard que j'ai appris que Blandine avait été placée sur une chaise de feu, puis livrée à un taureau, puis égorgée avant d'être brûlée, ses cendres jetées dans le Rhône. Jeanne d'Arc est Beatrice Cenci, surnommée La Belle Parricide, une adolescente qui a participé à l'assassinat de son père pour échapper à l'inceste, son histoire reprise dans *La Passion Béatrice* de Bertrand Tavernier sous les traits de Julie Delpy – j'ai marché dans ses pas sur le Ponte Sant'Angelo à Rome. Jeanne d'Arc est Christiane F., survivant à l'héroïne sur les quais du métro de Berlin et dans les appartements de la Cité Gropius – j'ai lu et relu son histoire toute mon adolescence, y trouvant plus d'inspiration que de mise en garde.

Deux femmes, Mariem Elgwahry et Nadia Choucair, ont été menacées de poursuites pour avoir mené une campagne en faveur de l'amélioration de la sécurité contre les incendies dans la tour Grenfell, dans l'ouest de Londres, où elles habitaient. Peu de temps après cette campagne, le 14 juin 2017, un feu a éclaté au quatrième des vingt-quatre étages. Un réfrigérateur a explosé, les flammes se sont propagées rapidement depuis l'extérieur des murs à cause d'une fenêtre ouverte et du bardage posé contre la surface de l'immeuble lors d'une rénovation. Près de quatre-vingts personnes ont perdu la vie, soixante-dix autres ont été blessées et plus de deux cents ont dû fuir les lieux, abandonner leur foyer. L'incendie a fait grand bruit entre autres à cause d'une rumeur reprise dans les journaux, puis démentie : on disait qu'un bébé avait été jeté par la fenêtre par sa mère et rattrapé par un homme debout au bas de la tour.

Si on parlait du réchauffement climatique avec la même passion que celle qu'a suscitée l'incendie de la cathédrale Notre-Dame de Paris, peut-être que cette planète serait sur le chemin de la guérison.

Vita Sackville-West, amie et amante de Virginia Woolf, inspiration d'*Orlando*, s'est prise d'affection pour Jeanne d'Arc, ce personnage protoqueer qui lui rappelait, peut-être, Virginia Woolf. Et Jeanne d'Arc, elle, aimait-elle les femmes ?

Nous sommes perdus, a dit le secrétaire du roi d'Angleterre, *nous avons brûlé une sainte !* Un soldat anglais était persuadé d'avoir vu une colombe s'envoler du bûcher. Le bourreau aussi était bouleversé, convaincu d'être damné. Car malgré l'huile, le sulfure, le comburant, il n'était pas parvenu à réduire en cendres les entrailles et le cœur de la chevalière. Il avait fini par jeter ses restes dans la Seine.

Les domestiques ont fait un formidable feu de joie ici pour la fête de Guy Fawkes. Tandis que les flammes s'élançaient vers le ciel, j'ai pensé à toi. (Vita Sackville-West à Virginia Woolf)

Susan Sontag a pris des notes en vue d'un essai sur l'amour pendant des années, une passion, disait-elle, une vieille, vieille passion. Un livre qu'elle n'a jamais écrit, mais qu'elle a nourri en pensées.

Les lucioles sont en voie d'extinction, non seulement à cause des pesticides, mais à cause de la lumière, cette pollution des vies humaines, lampadaires et fenêtres allumées contre lesquels la mouche à feu se frotte comme s'il s'agissait de partenaires. C'est ainsi qu'elles perdent le peu de temps qu'elles ont pour se reproduire au cours de leur courte vie. Georges Didi-Huberman voit dans les lucioles une figure de la résistance : il faut se donner les moyens d'attraper ce qui clignote malgré tout et illumine la pensée. Il faut avoir du courage et de la poésie pour fracturer le langage, briser les apparences, désassembler l'unité du temps.

Je repense au champ brûlé devant le bungalow de mon enfance, quand les voisins d'en face mettaient le feu aux restes de foin séché et que les flammes se mettaient à courir, cartographiant un territoire mystérieux. Immobile, je surveillais la trajectoire du feu, dans les effluves de cette fumée qui m'envoûtaient autant que celle répandue par le prêtre à grands coups d'encensoir pendant les messes d'enterrement.

« Encens », du latin *incensum* : brûlé, bûcher, holocauste. De *incendere*, dont provient aussi « incendie ».

Dans un texte sur Angela Merkel, pour souligner son départ imminent de la vie politique, je lis qu'on n'a jamais vu la chancelière allemande grisée par les encens du pouvoir.

Un jour, j'ai dit à la responsable du rayon des parfums que je souhaitais m'envelopper d'une odeur d'encens. Elle m'a répondu : *J'ai ce que vous cherchez*. Elle a disparu derrière son comptoir et, au retour, elle avait dans les mains un flacon noir rempli d'un parfum imaginé par Giorgio Armani, l'odeur qu'il porte tous les jours en souvenir des églises italiennes où il passait des heures avec sa grand-mère. Encens, piment, cèdre et racine de vétiver.

Ce parfum renvoie au *kyphi*, le plus vieux parfum du monde, encens sacré que les Égyptiens faisaient brûler à la tombée de la nuit, il y a quatre mille ans, en l'honneur du dieu Rê.

Au printemps 2002, une équipe de chercheur·e·s du CNRS et des laboratoires de L'Oréal ont travaillé à ressusciter le *kyphi*. À partir de récits de Plutarque et de recettes inscrites sur les murs du temple d'Edfou, l'équipe a entrepris de reconstituer cette odeur qui naît dans la fumée – ce que signifie « parfumer » au sens propre : à travers la fumée. Il fallait brûler le *kyphi* pour que s'en dégagent les aromes capables d'inviter le sommeil, d'apaiser l'anxiété et d'égayer les rêves. Il avait même, croyait-on, le pouvoir de réveiller la sexualité des morts. La recette de Plutarque contient seize ingrédients : miel, vin, raisins secs, souchet, résine, myrrhe, aspalathe, seseli, jonc odoriférant, asphalte, feuilles de figuier, oseille, deux espèces de genièvre, cardamome et roseau aromatique. Le *kyphi* est un parfum solide. Les ingrédients broyés sur lesquels du vin de palme avait été versé étaient placés au soleil, raconte la parfumeuse Sandrine Videault, et c'est ainsi qu'il se solidifiait, formant des boulettes, comme par magie.

Le parfumier Serge Lutens décrit le parfum comme un pont étendu entre les mots et la mémoire.

Je lis une chronique d'Anne Dufourmantelle dans *Libération* où elle cite Serge Lutens s'interrogeant sur ce qui nous fait violence, sur ce qui fait naître la violence. Il suggère que la violence est un état permanent, un désaccord profond avec soi-même qui demande qu'on poursuive la réflexion avant d'avancer. Et surtout, ne pas se retourner. Celui qui se retourne, commente Anne Dufourmantelle, c'est Orphée. Orphée qui perd Eurydice parce qu'il n'a pas pu s'empêcher de se retourner pour voir si elle était là, bien là, derrière lui, au bout de leur traversée des Enfers. Orphée dont l'Eurydice, ici, serait la violence contenue, le feu qui brûle à l'intérieur de nous, et qui ne doit jamais s'éteindre parce qu'il est nécessaire. Parce qu'il dit quelque chose du conflit interne qui contient toute la richesse de l'expérience humaine. *Il est douceur et torture. Il est cuisine et apocalypse.* (Gaston Bachelard)

Ne pas se retourner quand on fuit un incendie. Ne pas se laisser sidérer par la vue des flammes. Ne pas se laisser happer par le charme de ce qui brûle. On pourrait dire la même chose de la défense des causes qui nous tiennent à cœur et des gens qu'on aime. Comment faire autrement ? Comment aimer et comment lutter sinon en se laissant hypnotiser, juste assez ?

Elizabeth Robins, suffragette, était actrice et dramaturge. Son mari était acteur lui aussi. Des deux, c'est elle qui connaissait le plus grand succès. Si bien qu'un jour, le mari s'est enlevé la vie en se jetant dans une rivière. Il a laissé derrière lui une note qui disait : *Je ne veux plus me tenir dans ta lumière.*

Before I was not a witch / But now I am one (Margaret Atwood)

Six mois se sont écoulés depuis que ton amie a perdu la vie dans l'incendie du logement de son amoureux. Tu me le rappelles, un matin, en me montrant, sur ton téléphone, une photo de vous deux, prise la dernière fois où tu l'as vue, à la maison. Tu penses à elle. Ça avait été une sorte de coup de foudre. Tu m'avais dit : *Une fille véritablement ouverte d'esprit, dépourvue de tout jugement.* Elle n'est plus là, mais tu ne la quittes pas.

La mère de Patrick est malade, elle regarde en face la fin de sa vie. Cette mère excentrique qui avait la fâcheuse habitude de quitter subitement leurs demeures. Se lever, un matin, faire les valises et partir en laissant derrière elle les albums photo, les objets, tous les souvenirs. Née à Alexandrie, elle raconte qu'elle était adolescente quand la famille s'est enfuie, sous les balles, quittant leur ville mise à feu et à sang pendant la révolution des officiers libres. Son père était psychanalyste, on dit qu'il a étudié avec Freud. La famille était juive séfarade francophone et la mère de Patrick porte plusieurs noms et prénoms, une identité-mosaïque, une histoire aux portes multiples. Quand elle parle, la symphonie de ses mots fait entendre le cosmopolitisme de la ville où elle a grandi. L'histoire de cette famille est un enchevêtrement d'allées et venues, de retrouvailles et de disparitions. Je fouille le Web, sans succès, toutes les traces ont été effacées. À l'image de la célèbre bibliothèque antique : tout a été brûlé.

Je me souviens d'une immense maison en bois d'où sont surgies des flammes, très hautes, dans la nuit. Elle s'élevait loin de la route, seule sur un grand terrain, au pied d'une colline. J'étais enfant. J'écoutais le son du feu qui mange les murs, séduite et effrayée. Fascinée.

Le 28 janvier 2021, un incendie fait rage en Patagonie, 8 500 hectares de forêt ont été consumés.

Le 6 février 2021, des chercheur·e·s de l'université de Cambridge font paraître une des études qui établissent un lien entre le réchauffement climatique et la transmission de la COVID-19 à l'être humain.

La démocratie n'est pas une fiction, mais elle est un récit. (Marie-Cécile Naves)

Il faut penser un « art du feu », une manière de faire avec le feu qui serait remplie de savoir et d'humilité. Un art de cultiver les feux au lieu de chercher à les éteindre une fois qu'ils sont allumés. Quitter la position toute-puissante du colonisateur, impérialiste et civilisationniste, qui allume sans scrupules des feux agricoles ou de déforestation, ces feux monofonctionnels dévastateurs, et plutôt baisser la tête devant le savoir des communautés qui depuis toujours vivent avec les feux, qui les connaissent et les maîtrisent pour préserver l'équilibre sur cette planète. Privilégier une compréhension holistique du feu, véritablement écologique (Joëlle Zask). Faire usage de feux préventifs et défensifs pour créer des espaces où les gens et les animaux peuvent se réfugier en cas de grand feu, pour placer la forêt en situation d'autorésistance. Parce que la nature a besoin des feux. *La nature aussi est magique. Un jour, le sol est brûlé, le lendemain, il en sort des fleurs de toutes les couleurs.* (Silvia Federici)

Si on recevait la leçon du feu, peut-être qu'on comprendrait mieux l'importance des groupes militants, leur rôle dans le maintien d'un équilibre social. Si on entendait la leçon du feu, peut-être qu'on saisirait mieux le rôle des jeunes filles en feu, l'importance de leur passion, la richesse de leurs colères, la nécessité de leurs amours. On verrait comment elles mettent le feu au monde, et comment elles travaillent aussi à l'éteindre. Nous avons besoin de vous, déesses des mouches à feu. Vous ne serez ni héroïnes ni sauveuses. Vous serez des allumeuses de réverbères.

Ne laissons pas la maison brûler avec nos enfants dedans.
(Mères au front)

Pour justifier que les membres des premières nations du Queensland soient enfermés dans des réserves, privés de leurs terres et de leur culture, on les a accusés de pratiquer des brûlis destructeurs, on les a accusés de tuer la forêt. Pourtant, ces feux contrôlés sont la marque d'un savoir-vivre avec le feu plutôt que l'entretien d'un conflit. Les vrais responsables de cette destruction, ce sont tous les défrichages en vue de l'expansion urbaine.

Bill Tripp raconte que, quand il avait quatre ans, son arrière-grand-mère lui a montré comment mettre le feu au sol. *Elle avait plus de cent ans, elle m'a amené en haut d'une colline, m'a tendu une boîte d'allumettes et m'a dit de faire brûler une ligne droite entre deux points.* Bill Tripp a grandi dans un village traditionnel, contrairement aux autochtones expulsés de la Californie, placés dans des réserves, faits esclaves ou tués (plus de seize mille ont été assassinés). Adolescent, il s'occupait de brûler le terrain autour de la maison familiale. Il est un des rares à avoir pu préserver cette mémoire du feu. Aujourd'hui, il est assistant-directeur du centre de revitalisation écoculturelle du ministère des Ressources naturelles de la communauté karuk. Quand les autochtones vivaient sur leur territoire, des feux brûlaient presque en permanence. C'était une forme de protection, et une manière d'entretenir la santé de l'écosystème. Les grands feux sont un des impacts du génocide autochtone.

Il faut prendre soin des humain·e·s, prendre soin des terres, prendre soin des feux.

Dans son journal du 25 janvier 1965, Susan Sontag cite cette phrase de l'artiste Carolee Schneemann au sujet d'un feu qui avait ravagé son studio : *J'ai commencé à m'intéresser à ce que ça avait fait à mon travail. C'était en 1960.* L'artiste était étudiante dans l'Illinois quand son studio a brûlé. Il ne reste aucune trace de l'incendie, pas de photos, rien qui montre ce que le feu a fait, mais deux ans plus tard, Schneemann commençait à fabriquer des petites boîtes, comme des petites maisons, ou des chambres. Elle les remplissait d'objets qu'elle recouvrait de peinture et de résine, puis aspergeait l'intérieur de la boîte avec de la térébenthine. Puis elle allumait une allumette, la déposait dans la boîte, et fermait rapidement le couvercle. Une fois le feu éteint, elle prenait en photo le résultat.

L'appartement de Susan Sontag au 36, King Street, dans SoHo, a lui-même été ravagé par un incendie en mars 1987. La philosophe partageait une cheminée avec les autres habitants de l'immeuble, mais comme les vieux foyers dans les logements étaient censés être décoratifs, ça ne posait pas de problème. Jusqu'à ce que des locataires décident de se servir du leur. La chambre de Sontag a été envahie d'une fumée noire – si elle ne s'était pas réveillée, elle y aurait laissé sa vie. Sa bibliothèque a été sauvée, mais le plafond a été défoncé par les pompiers. Sontag n'avait même pas les moyens d'aller à l'hôtel. C'est à ce moment-là qu'elle a compris que la nonchalance avait un prix.

Un rêve. Des enfants, beaucoup d'enfants, arrivés de partout, réfugiés, abandonnés, adoptés. Des hommes vêtus de noir s'infiltrent dans la maison. Je sais qu'ils vont nous empoisonner. Ils vont nous forcer à avaler des comprimés, des gélules qui plongent dans le sommeil à jamais. Ils sont là parce qu'ils veulent tout prendre, les objets, les souvenirs, la maison. Une des jeunes filles qui hantent ce rêve porte ton surnom : Lili. C'est elle qui sait. Elle reconnaît ce qui est en train de se passer parce qu'elle l'a lu dans un livre et elle connaît la fin :

nous n'allons pas vraiment mourir, nous allons seulement dormir. Ce ne serait donc qu'un piège ? Mais ce qu'elle raconte est-il vrai ? Faut-il courir le risque, avaler les comprimés et *peut-être* mourir ? Ou ne pas les prendre, voir apparaître devant nos yeux les armes braquées, et mourir assassinées ? Une fin du monde génocidaire.

On dit que les pyromanes souffrent d'une folie du feu, d'un amour fou, fou, fou du feu. Et si le feu, c'était l'écriture ? Et si le feu, c'était toi ? Et si mettre le feu, jouer avec le feu, c'était d'écrire vers toi, pour toi et pour toutes les autres jeunes filles en feu à travers toi ? Ces jeunes filles qui ne sont ni forcément jeunes, ni nécessairement filles, qui mettent le feu à la toile sociale. Des pompières pyromanes qui ont fait œuvre de feu pour la suite du monde.

Mars 2017. Quarante adolescentes ont perdu la vie dans un incendie au Guatemala. Elles étaient dans un centre d'accueil où on les avait confinées. Emprisonnées, en somme. La nuit précédente, il y avait eu des émeutes, elles avaient fugué, mais la police les avait rattrapées et ramenées au centre. Dix-neuf d'entre elles sont mortes sur les lieux, dans une salle de classe dont on soupçonne que la porte avait été verrouillée en guise de punition. Les autres sont mortes à l'hôpital. Une femme, témoin des émeutes de la veille, raconte que les jeunes filles lançaient des roches aux policiers et aux enseignant·e·s en criant : *Allez-y ! Violez-nous encore ici, devant tout le monde, si c'est ce que vous voulez !* C'était une révolte, dit la femme, parce que cet endroit est un enfer, tout le monde le sait. Elles avaient été envoyées là par leurs parents pour être disciplinées. Certaines d'entre elles étaient enceintes. Parfois, parmi les plus jeunes résident·e·s, il y avait leurs enfants. Quand le journaliste a demandé à deux policières pourquoi les filles n'avaient pas pu sortir, ou qui avait la clé pour déverrouiller la porte, les policières sont restées silencieuses. Le journaliste a fini par apprendre, au fil d'interviews avec les rares survivantes, que certaines des pensionnaires avaient causé l'incendie, et que, quand elles ont demandé l'aide des policiers, ceux-ci ont choisi de les laisser souffrir, de les laisser mourir. Sous leurs yeux.

Au XVIIIe siècle, en Angleterre, les femmes condamnées à mort étaient rôties vives, alors que dans le cas des hommes, c'était la pendaison.

En Inde, le *sati* a été déclaré illégal en 1582, puis en 1663, et encore en 1850, jusqu'à ce qu'un décret soit adopté en 1987 pour l'interdire et condamner toute personne incitant ou obligeant une femme à s'y prêter. Au cours de ce rituel, une veuve se lançait sur le bûcher de son mari décédé pour le suivre dans la mort, un geste volontaire. En l'interdisant, *des hommes blancs ont voulu sauver des femmes de couleur d'hommes de couleur* (Gayatri Spivak), tout en les laissant mourir de mille et une autres manières. Ils ont rendu impossible, en le réduisant au crime, l'effort de penser ce geste dans sa complexité spirituelle, culturelle, même féministe. D'autres types de suicide, pratiqués par des hommes, n'étaient pas interdits, ni d'autres types de résistance – la grève de la faim, par exemple.

Août 2019. Une Québécoise, que son conjoint avait aspergée d'essence pour la brûler, met en garde les autres femmes : *Ne laissez pas la violence continuer. Si ça commence, c'est pour la vie.*

Juin 2021. Au Québec, treize femmes ont perdu la vie aux mains de leur conjoint ou ex-conjoint depuis le début de l'année.

Je n'ai pas peur de me répéter, parce que ce que j'écris, ce que je dis ne répond pas aux exigences de la littérature, mais à celles de la nécessité et de l'urgence, à celle du feu. (Édouard Louis)

En anglais, on appelle *firebug* ce petit insecte qu'en français on nomme punaise de feu, diable cherche-midi ou pompier. Doté d'un squelette externe, il a une cuticule décorée de dessins rouges et noirs, maquillage de guerre qui a pour effet d'éloigner certains prédateurs. Le pompier vit en groupe. On le trouve au pied des tilleuls, ou sur les murs baignés de soleil. Il ne fait rien de mal. Il profite simplement de la chaleur. *Firebug* veut aussi dire : pyromane.

Quand les adolescent·e·s blanc·he·s d'Elena Richardson mettent le feu à la belle maison familiale dans le beau quartier fictif de Shaker Heights, c'est le passé, le présent et l'avenir qui sont incendiés. Le chef des pompiers confirme la présence d'un accélérant : la preuve, on a repéré de petits feux partout à travers la maison. La maison comme le pays et comme le monde entier. *Little Fires Everywhere.*

La prochaine fois, le feu, écrit James Baldwin. Il cite une prophétie de la Bible telle que reprise dans une chanson écrite par un esclave : après avoir envoyé un signe à Noé sous forme d'arc-en-ciel, Dieu le met en garde. Certes, l'eau ne tombera plus, mais la prochaine fois, ce sera le feu. La prochaine fois, si les choses n'ont pas changé, si nous n'avons pas usé d'audace pour *mettre fin au cauchemar racial*, écrit Baldwin, *pour faire de notre pays un vrai pays et changer le cours de l'histoire*, c'est le feu qui sera envoyé.

Blue windy sky / Tell me why / Birds keep on flying and my heart turns wild / Blue windy sky / You may shine / Something is burning inside my mind (Clara Ysé Dufourmantelle)

Il nous faut une éthique du feu. Il faut prendre soin du feu pour éteindre le feu des fours crématoires, le feu des autodafés, le feu des guerres impériales et colonisatrices, le feu des expulsions, le feu des oppressions, le feu des intolérances, le feu des abus, le feu des purges.

Pour ériger des barricades, on attrape tout ce qu'on trouve, briques, poubelles publiques, voitures, pneus. Ces pneus qui servent la lutte sont les mêmes qui peuvent servir à la torture. Le supplice du pneu, ou collier de feu : mettre un pneu autour du cou de la victime, le remplir d'essence et y mettre le feu. Cette technique de lynchage a été utilisée en Afrique du Sud. Sa première victime publique était une jeune femme du nom de Maki Skosana. Son meurtre aux mains de résistants antiapartheid, en 1985, a été filmé et diffusé en direct, utilisé par le gouvernement blanc dans sa propagande anti-résistance. Des militant·e·s l'avaient accusée d'être une traîtresse et une informatrice auprès de la police, d'avoir causé la mort de quatre jeunes activistes, mais la Commission de vérité et réconciliation a fini par prouver que Maki Skosana s'était tout simplement trouvée au mauvais endroit au mauvais moment.

Renverser les choses : la nature n'est pas derrière nous, elle est devant nous, elle est notre avenir. La *wilderness* est ce qui nous attend (Joëlle Zask), c'est-à-dire une nature que nous ne pourrons pas contrôler, qui sera plus forte que nous et qui finira par nous expulser. Rien ne peut arrêter les grands feux, aucune frontière, aucune interdiction, aucune arme. Le feu est comme l'eau : il coule, s'infiltre, se faufile partout. Il faut le suivre, l'écouter, l'entendre parler. Il faut accueillir la leçon du feu et cesser de penser notre rapport à la nature et aux animaux comme antagoniste, inventer un habitat qui ménage une place à notre part sauvage (Joëlle Zask). Notre parenté avec les animaux devrait nous permettre de prendre conscience de notre place au sein de l'environnement, nous inciter à regarder la réalité en face, avec humilité. S'il y a de l'espoir, il est là.

Nous avons besoin d'une histoire du capitalisme écrite du point de vue du monde animal, et, bien sûr, de la terre, des mers, des forêts. (Silvia Federici)

Le mot « sauvage » est dérivé du latin *silva*, qui signifie « forêt », et du grec ὕλη, « bois ».

Kitty Marion était une des suffragettes considérées les plus violentes. Elle a orchestré une campagne pyromane à travers l'Angleterre. On dit qu'elle était belle, très belle, avec ses yeux bleus et ses cheveux de feu. Ancienne vedette de music-hall, elle connaissait bien le sexisme et le harcèlement. Après avoir quitté l'Angleterre pour les États-Unis, elle s'est battue contre la violence sexuelle et pour la contraception. Plantée dans les rues de New York, elle distribuait la *Birth Control Review*. Arrêtée plusieurs fois, emprisonnée dans des prisons new-yorkaises, elle n'a jamais cessé de lutter. Au fil du temps et du blanchissage de l'histoire des suffragettes, la mémoire d'actions violentes de la part de certaines femmes a été effacée. Kitty Marion a mis le feu à la demeure d'un député conservateur, Arthur Du Cros, dans le Sussex, et devant la maison en cendres, elle a dit : *S'il faut causer du tort au gouvernement pour qu'il comprenne que les femmes réclament le droit de vote, alors nous lui causerons du tort.*

En Grande-Bretagne, des femmes ont créé un mouvement de grève contre les naissances : le *birthstrike movement*. Alexandria Ocasio-Cortez a fait écho à leurs positions en demandant si, étant donné l'inaction des gouvernements et le consensus scientifique entourant le réchauffement climatique, il était légitime de continuer à faire des enfants. Le personnel est politique, et toi, tu as été claire à ce sujet : tu affirmes que tu n'auras pas d'enfants. Que peut-être tu prendras soin de petit·e·s déjà présent·e·s dans notre monde, mais ton corps n'en fabriquera pas. Le 9 mars

2019, des membres d'Extinction Rebellion ont jeté des seaux remplis de peinture rouge devant le 10, Downing Street pour représenter la mort de nos enfants. Les grévistes de la naissance dénoncent cette peur dans laquelle vous êtes plongé·es : la peur de donner la vie. Ici.

Ils font le monde / Sans nous / Ils font les lois / Sans nous / Mais il nous reste un pouvoir / Un pouvoir qu'on est les seules à pouvoir exercer / À partir d'aujourd'hui / Nous refuserons d'enfanter (Fanny Britt et Alexia Bürger)

Le temps des femmes n'est pas celui de la lune, ce temps réglé qui est une condamnation à la domesticité et une interdiction du politique. Non, le temps des femmes est le temps qui brûle rideaux, draps, robes et tabliers. C'est le temps de la révolte tapie dans le ventre, chair de slogans, utérus manifeste, et on accouche de la désobéissance civile. Des citoyennes rêvent d'un avenir. Ces citoyennes, c'est toi, c'est moi, c'est vous. Ça a toujours déjà commencé, et ça recommence à chaque instant.

La maternité doit être comprise comme une décision politique, écrit Silvia Federici. On peut considérer la décision d'avoir un enfant comme une manière de refuser de laisser les planificateurs capitalistes décider qui a le droit à la vie, qui doit mourir et qui ne peut même pas naître. N'est-ce pas une telle planification qui a lieu en ce moment, de manière muette et détournée, quand les dirigeant·e·s de ce monde (pour la plupart des hommes cisgenres) s'assoient ensemble pour décider des mesures à prendre dans la lutte contre le réchauffement climatique ? Et choisir ou non d'avoir ou de faire des enfants reste un moyen de pression.

À Anvers, en Belgique, deuxième ville d'Europe où le taux de mortalité due à la pollution est le plus élevé. On annonce, en février 2021, une étude entourant l'utilisation d'une poupée du nom de Claire (acronyme de *Clean Air for Everyone*) pour mesurer le taux de pollution dans l'air. Trois fois par jour, couchée dans sa poussette, Claire est promenée par des bénévoles dans les rues de la capitale flamande. L'intérêt de cette poupée, c'est que l'expérience se fait à hauteur d'enfant, c'est-à-dire au niveau de celles et ceux qui sont exposés au plus haut taux de pollution (plus on est près du sol, plus c'est pollué, entre autres à cause de la fumée des pots d'échappement). Plus de quatre cents citoyen·ne·s se sont porté·e·s volontaires pour pousser la poupée Claire dans les rues d'Anvers.

Janvier 2021. La France annonce son premier réfugié climatique. Son prénom fictif est Sheel, il vient du Bangladesh. La France a reconnu ses maladies : problèmes respiratoires, asthme extrême, apnée du sommeil. Son pays d'origine, à cause de la pollution de l'air, le met en danger mortel. C'est le premier cas du genre, mais comme le prédisent les Nations unies, d'ici à 2050, il risque d'y avoir deux cent cinquante millions de déplacés environnementaux.

Thelma et Louise, assises sur le capot de leur Thunderbird verte, pointent le canon de leurs pistolets et tirent pour faire sauter le camion-citerne ; son chauffeur harceleur est abandonné avec son tas de ferraille en flammes, un épais nuage de fumée et de dettes, la perte totale de ce qu'il transportait. À genoux dans la poussière, hors de lui, il est humilié. Lui qui croyait qu'il avait réussi à séduire ces femmes à coups d'avances sexistes, le voilà qui crie à pleins poumons pendant qu'elles s'enfuient en riant : *Bitches from hell !!!* Euphoriques, extatiques, étonnées d'avoir fait ça, elles quittent la scène en faisant virevolter la poussière, volant au passage la casquette du camionneur pour la garder en guise de trophée.

En août 2019, Patrick Crusius, vingt et un ans, ouvre le feu dans un Walmart d'El Paso au Texas. Il tue vingt-trois personnes, la majorité des Mexicains ou des Mexicains-Américains. Il laisse un manifeste où il affirme avoir été inspiré par le tueur de Christchurch, en Nouvelle-Zélande, quelques mois plus tôt, qui a fait cinquante et une victimes dans deux mosquées. Ces deux hommes blancs représentent l'écofascisme montant : pour préserver l'écosystème, ils mettent à mort ceux et celles qu'ils perçoivent comme des envahisseur·se·s, responsables d'une surpopulation qui mènera leur pays à sa perte. Contrairement aux *camarades* européens qui, parce que le port d'arme est interdit, sont forcés de *regarder leurs pays brûler*, les responsables de ces tueries disent prendre les choses en main en mettant en acte une logique eugéniste et suprématiste blanche qu'ils qualifient de pro-environnement. *Pour prévenir la montée de l'écofascisme*, écrit Bill Black, *il faut changer notre manière d'en parler*. Il faut quitter l'opposition « ça va bien aller » et « nous sommes épouvantables et la Terre est en train de mourir ». Voir l'humanité comme une sorte de parasite qui doit être expulsée de cette planète est la porte d'entrée du racisme : le glissement est facile entre « la planète serait mieux sans nous » et « la planète serait mieux sans eux ». Le désespoir est le comburant du fascisme. C'est pour cette raison qu'il faut une nouvelle mise en récit.

Un récit qui dit que la planète est notre demeure, que le monde est à nous, que nous en faisons tou·te·s partie.

Un soir, en parlant de ce livre, tu me dis : *C'est un livre sur la mort, en fait.* Tu le dis comme ça, sans hésiter, et sans affect. J'ai l'élan de répliquer. Je m'entends dire *réchauffement climatique, résistance, survivance*, comme s'il fallait que je me défende, comme s'il fallait te protéger ou me protéger de cette obscurité qui nous concerne, l'avenir qui, sans baisser les yeux, nous regarde bien en face.

Un rêve. Nous sommes ensemble dans une chambre d'hôtel avec trois ou quatre hommes, des frères, tes amis. L'un d'eux est atteint d'une maladie chronique, douloureuse et qui le contraint à l'immobilité. Le visage des frères en santé est marqué par la tristesse. Ils font tout pour aider celui qui souffre, mais ne peuvent pas lui enlever la souffrance, c'est la limite de leur puissance. Je vois des vêtements qui traînent, des mouvements de corps, rien de précis, jusqu'à ce que le téléphone sonne. Un téléphone à fil, branché au fond de la pièce. Tu as le dos tourné. Je t'entends dire quelques mots, puis tu raccroches. Moi, un peu plus loin, je vois comment tu te courbes soudainement de douleur, hurlant des sanglots. Tu dis : *C'est maman.* On vient de t'annoncer la mort de ta mère. Je m'approche de toi, je pleure moi aussi, et je colle mon front contre ton dos. Dans le rêve, je sais que maman, c'est moi, et en même temps, je comprends que c'est moi qui suis en train d'imaginer cette scène, ce scénario impossible où je suis la témoin vivante de l'annonce de ma propre mort. Un scénario imaginaire où, si je mourais, je resterais néanmoins à tes côtés pour te consoler.

Aristote pense le courage comme un juste milieu entre deux défauts – la lâcheté et la témérité. Dans une situation donnée, si nous sommes aussi peu lâches que téméraires, c'est que nous faisons preuve de courage. Lâche est celui qui trouve toujours de bonnes raisons pour ne pas faire quelque chose. Téméraire est celui qui ne connaît pas la peur et qui fonce comme une tête brûlée.

La leçon du feu est claire, écrit Gaston Bachelard, qui en emprunte la formulation à D'Annunzio : *Après avoir tout obtenu par adresse, par amour ou par violence, il faut que tu cèdes tout, que tu t'anéantisses.*

Écrire contre les apôtres du bien-être, ces illuminé·e·s des petites choses ordinaires dont il faut faire la liste parce qu'elles sont les traces du bonheur. Écrire contre les gentil·le·s qui préfèrent fermer les yeux plutôt que de faire face à la réalité. Écrire contre les oreilles bouchées, les bouches pincées, les regards fuyants. Écrire contre les mains qui se lèvent d'un coup pour empêcher la personne en face de parler. Écrire contre les méchancetés, les cruautés qui sont autant de manières d'ignorer les paroles qui dérangent. Écrire contre les tactiques pour blanchir notre monde, annuler les différences, tuer la diversité. Écrire pour attraper par le collet une bande de privilégiés qui ne veulent rien entendre sur votre avenir mis en péril. Écrire pour toi, pour vous, avec vous. Parce que vous mettez le feu au monde tel que certain·e·s continuent à préférer ne pas le voir, ne pas le penser. Un monde auquel d'aucuns tiennent à tout prix, parce qu'il est viable pour eux, mais pas pour vous, et que vous, ce que vous voulez, c'est de le réinventer pour pouvoir, peut-être, exister.

Cinquante ans après l'incendie de son studio, Carolee Schneemann se sert encore une fois de la métaphore du feu. Dans son installation *Flange 6rpm* (2011-13), avec comme fond une vidéo de flammes, elle fait tourner des sculptures en aluminium faites à la main. Ces sculptures, qui évoquent la forme de flammes mais qui, parce qu'elles n'ont pas été polies, portent la marque brute du feu, tournent sur elles-mêmes. Six révolutions par minute. La vidéo, filmée à la fonderie, montre les flammes dont sont issues les sculptures. Dans la salle d'exposition, les murs et le sol sont recouverts par la vidéo. On circule ainsi dans un feu-chambre, un feu-maison, un feu-matrice. On se retrouve au centre de l'âtre, au cœur du foyer.

Le 11 avril 1913, les pompiers sont appelés au Nevill Ground, *boys club* de Tunbridge Wells, en Angleterre : le pavillon de cricket est en feu. L'immeuble n'a pu être sauvé : y étaient entreposés des filets couverts de goudron, l'équivalent de mèches de bougie. On a trouvé, tout près du feu, des copies du journal *Votes for Women* et une photo d'Emmeline Pankhurst. Le maire de la ville, indigné, dénonce le sacrifice de bâtons, de filets, d'arcs et de flèches, et déclare sa municipalité un foyer de militantes. Peu de temps après, lors d'une rencontre de la National League for Opposing Woman Suffrage dans un hôtel de ville bondé, un invité spécial s'exprime sur la question. Il s'agit de l'écrivain sir Arthur Conan Doyle, père de Sherlock Holmes : *Si les femmes unionistes obtiennent le droit de vote, alors certaines femmes libérales vont l'obtenir aussi, et après les libérales ce sera les travaillistes, puis les socialistes, et l'Angleterre subira le déluge de ce nouvel électorat qui, selon moi, est non seulement contre la Constitution, mais les lois mêmes de la nature.*

Un des messages laissés par les suffragettes concernant l'incendie à Croxley Green Station disait : *Afraid copy left got burnt.* J'ai bien peur qu'une des affiches laissées ici ait brûlé.

Moins on est des partenaires de la nature, plus les grands feux avancent, plus ils gagnent en intensité. Au lieu de combattre le feu, il faudrait penser plutôt l'exploitation des forêts, la présence de troupeaux, la pratique de coupures, la multiplication des zones cultivées. Diversifier les forêts au lieu d'en vendre l'âme aux monocultures (Joëlle Zask). Prendre soin de la forêt comme on prend soin du corps humain. Travailler la cicatrisation des forêts après le passage d'un feu. Encourager une lutte équilibrée contre les insectes et les champignons mortels. Débroussailler. Introduire, dans l'espace de la forêt, des espèces pyrophiles.

Dévastation. Régénération. Nous sommes de même nature ; des feux. (Anne Dufourmantelle)

Alexandria Villaseñor, treize ans, une des porte-parole des jeunes Américain·e·s dans le cadre de la lutte contre les changements climatiques, est asthmatique. En novembre 2018, elle était à Davis, en Californie, à 200 kilomètres de Paradise, et elle suffoquait à cause de la fumée. On a mis un linge mouillé sur son visage. On a tenté d'empêcher les particules d'entrer dans la maison où elle était en plaçant des serviettes humides au bas des portes et des fenêtres. Elle est rentrée d'urgence à New York. Depuis, elle fait la grève devant les Nations unies, tous les vendredis.

Si on voulait vraiment vivre, si on avait vraiment peur de mourir ou qu'on n'en avait vraiment aucun désir, on se mobiliserait pour défendre notre planète au lieu de continuer nonchalamment à la détruire. Cette planète va nous expulser quand la preuve sera faite que, plutôt que d'apprendre à y vivre, nous ne cessons d'y mourir. Nous serons, alors, comme des enfants punis, envoyés dans leur chambre pour réfléchir. Sauf que nous ne pourrons pas revenir : nous aurons brûlé tous les murs, toutes les portes, toutes les maisons.

Dès que Marianne a fini de peindre Héloïse, la jeune fille en feu dont elle est tombée amoureuse, elle doit partir, quitter le château, sortir de leur histoire d'amour et abandonner Héloïse à son destin. C'est au moment du départ qu'Héloïse, dans sa robe de mariée qui lui donne l'allure d'un fantôme, debout en haut des marches, commande à Marianne de se retourner pour la regarder. *Retourne-toi*, lui ordonne-t-elle. Ce qui veut dire, dans le langage du film : accepte de me voir disparaître, fais le choix de la poète et regarde-moi pour la dernière fois. L'amour est dans ce geste-là.

Tant que des humain·e·s resteront sur la Terre, nous dit Robert Bringhurst, des histoires se raconteront, des histoires arborescentes, iridescentes comme le sont toujours les histoires qu'on raconte, et elles porteront des mises en garde contre l'erreur de trop consommer, de vouloir aller trop haut ou trop loin, de ne rien laisser aux autres. En attendant, si on veut regarder en face la fin du monde, si on veut essayer de gagner un peu de temps et obtenir plus de savoir et plus de pouvoir, plus de sens et plus de contrôle, plus de vérité, de chants d'oiseaux, de silence, et moins de jacasserie, le savoir et les faits doivent prendre la forme de poèmes. Ce qui veut dire qu'il faut penser tout à la fois, penser l'écosystème, avoir en tête une seule planète, imaginer le monde entier.

Écrire pour me tourner vers toi. Écrire avec Déméter pleurant d'avoir perdu sa fille Perséphone, kidnappée par Hadès et emmenée aux Enfers. Déesse des saisons, Déméter abandonne ses tâches pour chercher sa fille, provoquant ainsi, sur Terre, une famine mortelle. Sommée par Zeus de reprendre ses fonctions, elle refuse : elle fera la grève tant et aussi longtemps qu'elle n'aura pas retrouvé sa fille. Après un conciliabule avec Hadès, Zeus propose à Déméter que six mois par année, sa fille vive auprès d'elle.

Ce qui menace, c'est la fin des printemps. (Frédéric Gros)

Un groupe de jeunes Québécois·e·s demande à la justice le droit d'intenter une action collective contre le gouvernement du Canada pour cause d'inaction dans la lutte contre les changements climatiques. Débouté·e·s par le juge de la Cour supérieure, les jeunes portent leur cause en appel. Lors de leur comparution, une juge demande : *Pourquoi avoir limité les demandes* (l'attribution de 100 dollars par personne) *aux jeunes de trente-cinq ans et moins, alors que vous dites que les changements climatiques affectent toute la population ?* Réponse : parce que les jeunes subiront les effets négatifs de la pollution et du réchauffement de manière plus importante et pendant beaucoup plus longtemps que leurs aîné·e·s. Si des dommages punitifs étaient exigés du gouvernement du Canada, une cagnotte de 340 millions de dollars serait accumulée. L'objectif n'est pas de donner 100 dollars à chaque individu, mais d'instaurer une mesure réparatrice visant à freiner, autant que faire se peut, le réchauffement climatique.

Trouvés, en ligne, des conseils qui s'adressent aux adultes concernant des enfants soucieux du réchauffement planétaire : 1) Vous n'avez pas à être des expert·e·s des changements climatiques pour répondre aux questions posées par les enfants. Faites la recherche ensemble pour arriver à comprendre. 2) Essayez de valider, plutôt que de minimiser, les émotions des enfants. Leur dire : je comprends que tu aies peur, voici ce qu'on peut faire. Au lieu de : ne t'en fais pas, ça va aller ! 3) Chercher l'équilibre entre les mauvaises nouvelles, qui frappent l'imaginaire et y laissent leur empreinte, et les bonnes nouvelles liées à la crise climatique. 4) Pour les plus jeunes, s'en tenir au local et au tangible. Pour les ados, les encourager à s'impliquer de manière plus large : écrire à un.e député.e, par exemple, manifester, faire partie de campagnes de sensibilisation.

5) Se fixer des objectifs en tant que collectif, et se féliciter de ce qu'on a accompli. C'est une façon de montrer que même des petits gestes peuvent compter.

Ce qui aura un réel impact, c'est l'attaque concertée contre les gouvernements les plus obtus, les entreprises les plus polluantes, les banques qui se remplissent les poches, la pensée en tunnel, l'exercice d'un pouvoir débridé sur les autres humain·e·s, et l'imbécillité.

Janvier 2021. Tu me fais lire des dénonciations de violence sexuelle publiées en rafales sur Instagram. Ce sont les histoires de tes ami·e·s, des jeunes de ta génération qui, en racontant, créent une solidarité de témoins, tissent une communauté de colère. Vous voyez tout. Vous ne ratez rien. Et quand on dit du mal de vous, je me dis que c'est parce qu'on a peur. De vos demandes. De votre exigence. De vos paroles imparables de vérité. De ce qui brûle à l'intérieur de vous.

Les feux attaquent à outrance. (Huguette Gaulin)

Sur un fil de discussion féministe où on s'interroge sur la possible diminution d'embauches de femmes susceptibles de causer des problèmes en dénonçant des violences à caractère sexuel, je lis : *Il faut tout brûler.*

Francine Hughes Wilson a été battue pendant des années par son mari, même après le divorce, et après de nombreuses tentatives pour s'éloigner de lui. Il trouvait toujours le moyen d'avoir accès à elle. Il la poursuivait, lui retirait les enfants, allait même jusqu'à se blesser délibérément pour qu'elle ait pitié de lui et revienne vivre à ses côtés. Il lui disait souvent qu'il la tuerait, et Francine Hughes Wilson a failli mourir plusieurs fois de la violence de son mari, jusqu'à la dernière. La fois où il l'a violée après l'avoir sauvagement battue. La fois où il a déchiré les manuels et notes de cours du programme d'études auquel elle était inscrite, exigeant ensuite qu'elle les brûle devant lui. La fois où elle a compris que c'était elle ou lui. Le 9 mars 1977, elle appelle les policiers. À peine arrivés sur les lieux, ils repartent sous prétexte qu'ils n'ont pas été témoins de la violence, et ne peuvent donc pas l'aider. Une fois Mickey endormi, Francine s'arme d'un gallon d'essence, asperge le lit et met le feu. Elle part avec ses enfants, se rend au commissariat de police, et avoue son crime immédiatement. Emprisonnée, elle sera amenée en procès et acquittée, pour cause de folie passagère. Son cas a marqué l'histoire. Elle est devenue célèbre grâce au film *The Burning Bed*, qui a été vu par plus de soixante-quinze millions de personnes et a participé à changer les mentalités entourant la violence conjugale. En 1977, aux États-Unis, il y avait une poignée de foyers pour victimes de violences conjugales. En 1984, année du film, il y en avait presque sept cents. On parle aujourd'hui du *burning-bed* syndrome.

Nous, vos parents et grands-parents, avons grandi avec le spectre de la guerre froide et la peur du nucléaire, avec des fantasmes de téléphone rouge et de super-dirigeants capables de déclencher du bout de leur doigt intransigeant ou incompétent une Troisième Guerre mondiale. C'était là une menace, et nous avions peur que ça arrive un jour. Mais vous qui marchez dans la rue en scandant des slogans, vous qui tentez de mobiliser les troupes pour être entendu·e·s par les gouvernements, vous avancez vers la catastrophe. Elle est là, droit devant, obstacle incontournable, horizon imposé. Elle est là, et elle prend toute la place.

Je ne pleure pas souvent, parfois en lisant des phrases particulièrement belles, parfois devant des films. Mais toujours, mes larmes coulent quand l'une de nous deux s'apprête à prendre l'avion sans l'autre. Alors, je suis prise par une folie des larmes, une peur impossible à contrôler ou à contenir. S'il faut mourir, que ce soit ensemble, pas séparées.

La seule fois où j'ai vu Tamara pleurer, elle me parlait de sa mère, de son amour pour sa mère.

Je n'ai aucun désir de faire partie des derniers humains. Je n'ai pas l'arrogance de penser que je mérite de survivre. Mais toi, oui. La seule raison pour laquelle j'accepterais de traverser la fin du monde, peu importe ce que ça représenterait de douleur et de terreur, ce serait pour toi, avec toi. Et alors, je courrais vers le feu. Tout pour te sauver.

Je demande à Patrick ce qu'il ferait advenant une crise sociale violente, une vraie de vraie crise pendant laquelle la population doit se battre pour ses droits les plus élémentaires, où les femmes luttent pour leur liberté la plus plate, où les personnes qui refusent le modèle hétérosexuel et la division du monde en deux genres sont menacées de mort, où les hommes refusent d'être transformés en machines de guerre publiques et privées… Il répond : *À l'âge que j'ai… je choisirais le péril. Qu'on me passe sur le corps. Vaut mieux mourir en faisant œuvre utile.*

Les cheminées d'Auschwitz, les bombes lancées sur la Pologne, les terres brûlées de la Biélorussie, la destruction d'Hiroshima et de Nagasaki, les bombardements retransmis en direct pendant les guerres du Golfe, les feux de pétrole au Koweït, les explosions dans le port de Beyrouth… la liste est infinie.

Dans quelques milliards d'années, le soleil aura tant brûlé qu'il ne sera plus qu'une braise stellaire.

Les lettrés de la Renaissance parlaient d'harmonie des sphères – la cohérence de l'univers, croyaient-ils, était maintenue par une force amoureuse, le pouvoir d'attraction maintenant toute chose à sa place, autant les humains que les étoiles. (Silvia Federici)

On aime répéter que les féministes ont brûlé leur soutien-gorge. C'était pendant une manifestation en opposition au concours Miss America. Des féministes ont jeté des vadrouilles, des bâtons de rouge à lèvres, des talons hauts… dans la *Freedom Trash Can.* La féministe Robin Morgan se souvient d'une jeune femme qui a retiré son soutien-gorge pour le balancer à la poubelle, sous les cris de la foule. Mais personne n'a mis le feu. Tout ça, c'est lié aux mots d'une journaliste alliée : *Men burn draft cards, and what next? Will women burn bras?* Les hommes brûlent leurs cartes de conscription, est-ce que les femmes vont brûler leurs soutiens-gorge ? Des témoins de l'époque sont certains de ce qu'ils avancent : le feu brûlait dans la poubelle, un petit feu rapidement éteint. Mais Robin Morgan insiste : *Il n'y a jamais eu de feu. Ça, c'est un mythe.*

Susan Sontag était fascinée par Jeanne d'Arc. Dans l'entrée du 21 juin 1972 de son journal intime, elle explore l'idée qu'elle a d'une fiction-méditation sur les femmes qui meurent, ou sur les morts de femmes, ou sur comment meurent les femmes. *Matériel*, écrit-elle, et en dessous, une liste :

mort de Virginia Woolf
mort d'Henriette Sontag
mort d'Alice James
mort de Sofia Kovalevskaïa
mort de Marie Curie
mort de Jeanne d'Arc
mort d'Amelia Earhart
mort d'Hélène Boucher
mort de Rosa Luxemburg
mort d'Olympe de Gouges
mort de Carrington

Puis elle écrit : *Les femmes ne meurent pas les unes pour les autres. Il n'y a pas de mort « sororale » analogue à la mort fraternelle. C'est-à-dire de mort sur fond de guerre.*

Quand, dans *Suffragette*, un enquêteur demande à Maud, jeune mère blanchisseuse, pourquoi les suffragettes font la guerre, elle répond : *C'est la seule langue que les hommes sont capables de comprendre.*

Dans *Ammonite* (F. Lee, réal., 2020), Mary, chasseuse de fossiles, vit sur la côte anglaise avec sa mère, dont elle a la charge. Remplie de savoir et d'expertise, autonome, impassible devant le regard des hommes ou leur jugement, elle fait sa vie. Un jour, elle se voit confier Charlotte, jeune fille bourgeoise, endeuillée après une fausse couche, et dont le mari veut partir en expédition. Bien entendu, elles tombent amoureuses. Et bien entendu, cet amour est interdit. On est en 1840. Elles se cherchent et se trouvent et se perdent, se regardent sans arrêt jusqu'à la fin du film, où on les voit debout, au British Natural Museum, chacune de son côté d'une boîte en verre où sont exposés des fossiles trouvés grâce au travail acharné de Mary. Un soir, Charlotte et Mary assistent à un récital auquel elles ont été invitées par le médecin du village, qui fait la cour à Mary qui, elle, sans se l'admettre, est éprise de Charlotte. Pour accompagner le piano, des dessins projetés sur un écran parmi lesquels des bateaux en feu. Bouleversée, Mary se lève et quitte la salle précipitamment. Elle rentre seule à la maison. Ce soir-là, au retour de Charlotte, qui est restée jusqu'à la fin du concert, elles feront l'amour pour la première fois.

Et du feu / Quelques braises / Une de trop / Ne s'éteindra jamais (Marjolaine Beauchamp)

Vita Sackville-West consacre les premières pages de sa biographie de Jeanne d'Arc aux portraits qui ont été faits d'elle pour essayer de saisir son apparence, son visage. Elle s'oppose à la rumeur qui dit que la Pucelle n'était pas belle puisque les hommes n'ont pas essayé de la violer et que les femmes n'en ont pas été jalouses – bien au contraire, Jeanne d'Arc avait des amies, dont la féministe Christine de Pisan est sans doute la plus célèbre. Je vois Jeanne d'Arc à travers les yeux de Vita Sackville-West, plutôt petite et menue, cheveux courts et marron, yeux sombres habitués aux larmes, un mélange étrange (*queer*, écrit la biographe) d'attributs féminins et masculins au moyen desquels elle pouvait attaquer l'ennemi avec des armes, et ensuite pleurer de le voir blessé.

Quand il réfléchit au mouvement féministe, Francesco Alberoni souligne que, comme tous les mouvements sociaux, il se fonde sur le tomber-amoureux : il sépare ce qui était uni (le couple hétérosexuel) et unit ce qui était séparé (les femmes). Le féminisme s'en est pris à l'amour, il l'a démythifié, l'a dépouillé de certains mensonges. En même temps, c'est à travers le tomber-amoureuse des femmes entre elles, grâce à l'amour pour l'autre femme, que des luttes ont été menées et qu'elles continuent de l'être pour la justice et la liberté. Il n'y a pas, contrairement à ce que d'aucuns s'amusent à dire avec une entière mauvaise foi, d'idéologie persécutrice – les hommes ne sont pas des êtres à détruire. Le féminisme est un mouvement éthique qui veut transformer le monde par la persuasion, et non par la destruction.

Fridays for future. En séchant vos cours pour aller manifester, vous désobéissez. Dans l'ascenseur de l'immeuble, le petit voisin, devant les traits verts qui strient tes joues, te demande pourquoi tu es maquillée comme ça. Tu lui réponds que tu pars manifester.

– *C'est quoi, manifester ?*

– *C'est ce qu'on fait pour crier qu'on n'est pas d'accord.*

Le petit garçon te regarde avec des grands yeux. Tes mains seront placées sur ton cœur quand tu me décriras la scène, plus tard, avec émotion.

Je m'occupe de l'histoire laissée de côté, explique Svetlana Alexievitch au moment de recevoir le prix Nobel de littérature. *J'ai entendu plus d'une fois, et je l'entends aujourd'hui, que ce n'est pas de la littérature, que c'est un document. Mais qu'est-ce que la littérature aujourd'hui ? Plus d'une fois, j'ai eu l'impression de noter le futur.*

La pandémie qui nous enferme depuis maintenant une année a mis en lumière toutes les inégalités, les oppressions sur lesquelles s'échafaudent nos sociétés. Le 19 mars 2021, quelques jours après que le gouvernement du Québec a honoré la mémoire des dix mille cinq cent dix-huit personnes emportées par le virus, Charles Coocoo dénonce le refus gouvernemental d'adopter le Principe de Joyce, rédigé par la nation atikamekw après la mort de Joyce Echaquan au centre hospitalier de Joliette à la suite d'un manque de traitements liés à des biais racistes chez les soignantes. Le refus du Principe de Joyce et celui de limiter les coupes forestières montrent que le gouvernement québécois n'a aucun désir de préserver les modes de vie autochtones. *La forêt*, écrit Charles Coocoo, *est la famille élargie des Atikamekw, elle porte la langue, la tradition et l'avenir, et si la forêt est malade, les Atikamekw le sont aussi.* Les coupes forestières détruisent les écosystèmes : les zones humides s'assèchent, les tiques s'en prennent aux orignaux, les incendies de forêt augmentent... Un projet d'aire protégée, du nom de Masko Cimakanic Aski (ce qui signifie « protéger l'ours et la terre mère »), a été refusé par nos dirigeants, et les études d'impact des coupes forestières se sont faites à l'exclusion des familles atikamekw, gardiennes de la santé de la forêt. Au lieu de décoloniser la forêt, on choisit de la voir comme *terra nullius* : une terre sans maître. Mais finalement, c'est la terre qui est maîtresse, tout comme la forêt. Peu importe l'ampleur de notre arrogance, le fantasme de notre toute-puissance, les forêts auront le dernier mot.

Se rappeler la résistance d'Anne Frank et le courage de Ruby Bridges. Se souvenir de Claudette Colvin, quinze ans, qui, neuf mois avant Rosa Parks, a refusé de céder son siège dans un autobus de Montgomery, et aussi de Jazz Jennings, adolescente trans, qui milite depuis son enfance pour les droits LGBTQ+. Ne pas oublier que Mary Shelley a écrit *Frankenstein* à l'âge de dix-huit ans, inventant par le fait même la science-fiction, et que Margaret E. Knight, témoin d'un accident terrible dans une usine textile, a mis au point un mécanisme de sécurité pour la machine qui avait blessé. Malala Yousafzai, activiste pakistanaise victime d'une tentative d'assassinat, travaille à la promotion de l'éducation pour les filles. Emma González, survivante de la tuerie de Parkland, milite contre les armes à feu. Autumn Peltier, quatorze ans, vient d'être nommée commissaire en chef de l'eau par la nation anichinabée et se trouve à la barre d'un groupe de revendicateur·trice·s politiques qui représente quarante premières nations en Ontario. Elle défend les ressources naturelles et l'accès à l'eau potable, comme sa grand-tante Josephine Mandamin avant elle et jusqu'à sa mort, et comme Amariyanna Copeny, de Flint, qui a écrit à Barack Obama pour dénoncer le taux de plomb meurtrier dans l'eau de sa ville.

Tes ami·e·s et toi (ta génération, comme on dit pour faire dans le raccourci faute de savoir vraiment de quoi il s'agit), n'êtes-vous pas dans la position de Proserpine repoussant les avances de Pluton de toutes ses forces ? Ou êtes-vous Héloïse, l'Eurydice de *Portrait de la jeune fille en feu*, qui implore Marianne-Orphée de se retourner ? Vous nous implorez de vous regarder pour empêcher ce monde de disparaître : qu'on fasse le choix des poètes et que ce monde, on continue à l'aimer.

Héloïse : *J'ai tout imaginé en vous attendant.*
Marianne : *Vous avez rêvé de moi ?*
Héloïse : *Non, j'ai pensé à vous.* (Céline Sciamma)

Je veux nous imaginer, jeunes filles et vieilles femmes, comme des revenantes futuristes debout et droites devant l'avenir. Je veux nous voir mélancoliques, anxieuses, furieuses, amoureuses, rabat-joie, désobéissantes et féministes, liées les unes aux autres et avançant d'un même pas avec l'énergie férocement créatrice du désespoir. Je veux nous penser, toi et moi, comme faisant partie d'une communauté dansante de lucioles qui se disent oui en clignotant dans la nuit. Parce qu'il faut continuer à résister. Parce qu'il faut, à tout prix, continuer à aimer.

À la fin de *The Road*, le père meurt et son fils continue son chemin avec une autre famille, auprès d'un autre homme et d'une autre femme, de nouveaux parents rencontrés au hasard. Le garçon demande à l'homme s'ils portent le feu, eux aussi. Incrédule, ne comprenant pas ce que ça veut dire, l'homme lui renvoie qu'il est un peu *weirded out*, terrifié, sans points de repère, un peu mélangé devant tout ce qui se passe, atteint d'une petite folie. Mais le petit garçon insiste. Il pose à nouveau la question : *Est-ce que vous portez le feu ? Oui*, répond l'homme. Et pour être vraiment précis, le garçon demande :

– *Avez-vous des enfants.*

– *Oui, une fille et un garçon.*

– *Et vous ne les avez pas mangés ?*

– *Non.*

– *Vous ne mangez pas les humains ?*

– *Non, nous ne mangeons pas les humains.*

– *Et je peux partir avec vous ?*

– *Oui.*

– *C'est d'accord, alors.*

Le garçon retourne dans les bois dire adieu à son père déjà mort. Il lui promet de lui parler tous les jours, et surtout, de ne jamais l'oublier. Quand il revient auprès de l'homme et de la femme, celle-ci le prend dans ses bras et lui dit : *Je suis si heureuse de te voir.*

Personne ne peut lire la vie de Jeanne d'Arc, écrit Vita Sackville-West, et ne pas reconnaître *qu'elle était d'un seul bloc.* Comme l'affirme le père Martindale, qu'elle cite : *les Saints gardent leur nature humaine, leurs caractéristiques personnelles, leur tempérament, leur hérédité, leur éducation...* C'est la détermination de Jeanne d'Arc qui a redonné courage au cœur des hommes, désespérés, et qui a amené des princes à se plier à son désir. C'est sa force et son intégrité, son refus de plier devant ses juges, son refus de mentir en leur servant ce qu'ils veulent entendre, son refus d'être celle qu'on préférerait qu'elle soit qui, aujourd'hui, font de Jeanne d'Arc une figure féministe.

Les suffragettes n'ont blessé ni tué personne, elles ont mené la lutte au prix de leur corps et de leurs amours. Et les sorcières n'existent pas. Ce sont des femmes qu'on a mises sur le bûcher. Des femmes, tout simplement, capables de vivre ensemble ou séparées, parlant aux arbres ou partageant des repas, des tâches, un lit, et quand les hommes reviennent du champ de bataille ou d'une journée de travail, peut-être qu'ils ne sont pas reconnus, ou qu'ils ne sont plus désirés, et c'est pour cette raison qu'on accuse les femmes d'être des démons.

je me cultive par forçage / parmi celles qui flambent
(Noémie Roy)

Janvier 2020. Pendant une promenade, Tamara me dit : *En fait, j'ai toujours été assise dans le feu.* Tamara est née à Port-au-Prince. Elle a grandi à Sept-Îles. Elle et ses sœurs étaient les seules petites filles noires de la communauté. Plus tard, Tamara est devenue avocate. Elle connaît intimement le sacrifice des femmes noires sur le bûcher de l'histoire et de l'opinion publique. Ce jour-là, elle me parle d'Angélique, une esclave accusée d'avoir déclenché un incendie dans la rue Saint-Paul, à Montréal, en 1734. Une vingtaine de témoins jurent qu'Angélique est coupable d'avoir allumé le feu. Pourtant, personne ne l'a vue faire. Angélique, sous la torture, finit par avouer qu'elle a mis le feu à la maison de la veuve Francheville. Oui, elle a placé les charbons sous les combes. Oui, elle les a allumés. Et oui, elle a souhaité les voir rôtir, leur faire ce qui lui a été fait à elle tout au long de sa vie depuis sa naissance au Portugal. Mais on préfère penser qu'Angélique a mis le feu à la demeure de sa maîtresse parce qu'elle voulait s'enfuir avec son amant blanc plutôt que parce qu'elle voulait fuir l'esclavage. Cette version-là de l'histoire permet de blanchir ce qu'on faisait aux esclaves au lieu d'entendre la voix d'Angélique, celle qu'elle fait résonner dans la Cour de justice et qui, par l'entremise des transcriptions, constitue aujourd'hui la première production littéraire noire au Canada et le premier récit fait par une femme esclave pendant la colonie. Un récit fait par cette femme dont les cendres ont été jetées aux quatre vents au lieu qu'un monument lui soit érigé.

La rivière Magpie, située dans la région de la Côte-Nord du Québec, vient d'obtenir le statut de personne juridique grâce à deux résolutions adoptées par la Municipalité régionale de comté de Minganie et le Conseil des Innus d'Ekuanitshit. Cette rivière obtient ainsi le droit de vivre, d'exister et de couler, et le droit de maintenir son intégrité. Elle sera aussi représentée par des gardiens pouvant agir au nom de ses droits et intérêts. Dans certains États et pays, des animaux se sont vu reconnaître des droits fondamentaux. Imaginons un monde où les chats, les chiens, les chevaux, les lapins, les éléphants, les crocodiles... seraient des personnes juridiques. Imaginons un monde où on serait forcé, par la loi, de protéger les humains, les animaux et la nature elle-même des effets du réchauffement climatique.

Clover Hogan, vingt et un ans, originaire du Queensland, en Australie, vit à Londres. En février 2020, elle décrit à des journalistes comment elle a fondu en larmes devant les images de l'Australie en feu. *Mais le pire*, dit-elle, *ce qui m'a crevé le cœur, c'est l'annonce qu'un demi-milliard d'animaux étaient morts brûlés.*

Février 2021. Sur la devanture d'un centre pour les vétérans des Forces armées canadiennes, les colleuses féministes de Montréal affichent le mot : *PATRIARCRAME.*

Le corps de Virginia Woolf a été retrouvé le 18 avril 1941, deux jours après qu'elle s'est laissée couler au fond de l'Ouse, les poches de son manteau remplies de pierres. Ses cendres ont été enterrées au pied d'un orme à Monk's House. Dans son avant-dernière lettre à Vita Sackville-West, la femme qu'elle aimait, Virginia Woolf a écrit, en réaction au briquet que son amante venait de lui envoyer en cadeau : *You can't add anything to fire.* On ne peut rien ajouter au feu.

Le mot « roman » est lové, comme un chat, au creux du mot « pyromane ».

Désormais, tous les matins, je cherche les événements climatiques, les mers qui s'élèvent, les tempêtes, les grands feux et les manifestations politiques. Aujourd'hui, on parle d'Haïti, un pays qui ne contribue pas au réchauffement climatique, mais qui en paie le prix fort. Absence de pluie, sécheresse, récoltes et bétail perdus, sols devenus salés, reproduction des poissons en déclin, insectes ravageurs, maladies, mise en péril de la production de café, diminution de la population…

On préfère fermer les yeux plutôt que d'affronter la réalité. On choisit de rester dans la fausse innocence de l'inconscience plutôt que de savoir et de se sentir, d'une manière ou d'une autre, impliqué·e·s. Se tenir loin au lieu de se rapprocher, même si ce n'est que par l'entremise des récits et des images. Se détourner au lieu de regarder l'autre devant nous et choisir l'humanité. Au lieu de voir le corps comme en expansion, en continuité avec les autres êtres vivants qui peuplent la Terre : *Les corps humains et non humains, les arbres, les rivières, les mers, les étoiles. Au lieu de réunir ce que le capitalisme a séparé* (Silvia Federici).

Louise-Andrée, après avoir lu une première version de ce livre, m'écrit que le feu est *cette idée qui t'attrape autant que tu la pourchasses, que tu laisses filer pour qu'elle circule un peu en nous… Puis hop ! On repart ailleurs ! Ailleurs ? On est encore en son cœur…*

Mars 2021. Erin Brockovich met en garde contre l'extinction de l'humanité. Prenant appui sur une étude menée par Shanna Swan, épidémiologue qui s'intéresse aux questions entourant l'environnement et la reproduction,

Erin Brockovich annonce, haut et fort, que la reproduction humaine est en péril : les taux de spermatozoïdes ont diminué de près de soixante pour cent depuis 1973. Pourquoi l'Onu ne déclare-t-elle pas une réunion urgente à ce sujet ? demande la militante. Les responsables de cette diminution sont les produits chimiques présents dans tout ce qui nous entoure : les contenants de plastique, les emballages d'aliments, les vêtements hydrofuges, les savons et les shampooings, les tapis… Parmi ces produits, on trouve les phtalates, composés chimiques dits éternels (les PFAS) parce qu'ils ne se décomposent jamais, ni dans l'environnement ni dans notre corps, et s'accumulent ainsi indéfiniment. Dans le Michigan, il est interdit de consommer de la viande de chevreuil chassé dans l'Oscoda étant donné la proximité du parc avec une ancienne base aérienne et la présence particulièrement élevée de PFOS, un certain type de PFAS, dans les muscles de l'animal. *Les PFAS sont partout sur notre planète et à l'intérieur de chaque corps humain,* écrit Erin Brockovich, *au plus profond de la mer et dans chaque oiseau qui vole au-dessus de nos têtes. Il faut agir parce qu'ils sont en train de nous tuer.*

C'est la naissance de sa fille qui pousse Roy Scranton à s'interroger sur l'avenir, sur ce que ça veut dire d'élever une fille dans un monde dont on sait qu'il va finir. Quand elle est née, quand il a tenu dans ses bras le petit bébé, il raconte avoir éprouvé un amour et un lien jamais sentis avant. Il a su qu'il pourrait tuer pour elle, mourir pour elle, tout sacrifier pour elle. Et quand il pense à l'avenir créé par les humain·e·s venu·e·s avant elle, il est rempli de rage et de peine. Que faire, maintenant ? Comment faire avec nos enfants ? Si on ne peut pas leur promettre une meilleure vie, on peut leur montrer comment prendre soin du monde. On peut leur apprendre à être résilient·e·s, adaptables et prudent·e·s, parce qu'il va falloir se battre pour satisfaire nos besoins et se battre pour ce qui est juste, parce que personne n'est seul·e dans cette histoire. Il faut leur apprendre que tout meurt, parce que accepter cette vérité difficile est le début de la sagesse. Apprendre à mourir : c'est là le premier pas vers la compréhension de l'individu comme le produit de générations qui sont liées, entremêlées. Comme une transmatérialisation de la poussière d'étoiles, dit Roy Scranton, l'expression d'un univers qui bourdonne, qui vibre, un avenir et un passé. Tout meurt, mais ce qu'on fait pendant la vie survit chez nos fils et nos filles, dans les mondes qu'on fabrique et qu'on détruit. Nous sommes tou·te·s condamné·e·s. C'est le résultat, tout simplement, du fait d'être né·e·s. Mais c'est aussi ce qui fait qu'un avenir est possible.

Prends garde / Sous mon sein la grenade (Clara Luciani)

Pour souligner tes dix-huit ans, tu m'as demandé de t'aider à trouver un parfum qui serait à toi, qui te ressemblerait et qui signerait ton passage à l'âge adulte. Je te demande si tu as une idée de ce que tu cherches. Tu réponds : *Quelque chose de frais sans être sucré, une légère odeur d'encens, de boisé.* Je ne sais pas comment on fait pour attraper le parfum du feu, lumineux et fuyant, évanescent. Je ne sais pas comment on fait pour que cette trace invisible se matérialise et revive sur la peau, derrière la nuque, sous l'oreille, sur les poignets, qu'elle enveloppe le corps au complet. Je ne sais pas quel parfum doit porter une pompière pyromane, mais je veux t'aider à le trouver.

Février 2021. Le jour de ton anniversaire, les dirigeants du Conseil de sécurité de l'Onu débattent des implications des changements climatiques sur la paix entre les pays. Le premier ministre anglais, Boris Johnson, se défendant d'emblée contre les climatosceptiques, qui considèrent que la lutte contre le réchauffement climatique est menée par des écolos mangeur·se·s de tofu et sauveur·se·s d'arbres et qu'elle n'a rien à voir avec la sécurité, martèle que la crise climatique est une menace pour notre sécurité collective. Il faut penser, dit-il, au jeune homme forcé de prendre la route parce que sa demeure est devenue un désert, à la jeune fille obligée de quitter l'école parce que trouver de l'eau potable tous les jours l'éloigne de plus en plus de sa famille et la rend vulnérable au trafic d'humain·e·s. *If we don't act now*, demande-t-il, *when will we act?* Si nous n'agissons pas maintenant, quand agirons-nous ?

Si je ne suis pas pour moi, qui le sera ? Et si je ne suis que pour moi, que suis-je ? Et si pas maintenant, quand ? (Hillel le Sage)

Donald Trump a été délogé de la Maison Blanche en novembre 2020, et depuis l'arrivée de Joe Biden et de Kamala Harris, certaines expressions, bannies par « l'agent orange », recommencent à être utilisées, parmi lesquelles : #climatecrisis.

Les premiers environnementalistes américains étaient des eugénistes opposés aux immigrants, et leurs idées ont été adoptées et mises en vigueur par les nazis – on a tendance à l'ignorer ou à l'oublier.

Mars 2021. Un camp de réfugié·e·s rohingyas du district de Cox's Bazar (Bangladesh) est dévasté par les flammes. Des barbelés ont piégé des gens à l'intérieur et empêché l'arrivée des secours. Au moins quinze Rohingyas sont mort·e·s, quatre cents sont porté·e·s disparu·e·s, quarante-cinq mille personnes déplacées. Cox's Bazar abrite trente-quatre camps. C'est le troisième incendie en quatre jours, on n'en connaît pas l'origine. Le lendemain, c'est un bidonville de Freetown, en Sierra Leone, qui est détruit par le feu : des milliers de personnes ont tout perdu.

Écoanxiété : anxiété liée à l'état de notre maison. Et si la santé mentale était au cœur de l'action climatique ? demande le collectif québécois Éco-motion. Si les communautés les plus touchées par la crise climatique sont racisées, mais que l'écoanxiété est ressentie majoritairement par des Blancs, est-ce à dire que l'écoanxiété est l'aveu d'une peur blanche de perdre un certain mode de vie, c'est-à-dire certains privilèges ? Devant les mouvements de populations qui s'annoncent, les personnes écoanxieuses seront-elles capables de reconnaître le rôle qu'elles y jouent ? Seront-elles capables de voir leur destin comme intrinsèquement lié à celui des dépossédé·e·s (Sarah Jaquette Ray) ? Ou, au contraire, ces personnes vont-elles s'arroger les ressources, limiter les droits des autres et essayer de ne sauver que leurs pareil·le·s, prises dans l'illusion que la xénophobie va les sauver ? Et donc, comment faire ? Comment faire pour s'assurer que l'anxiété climatique serve la justice climatique ? Comment pouvons-nous commencer à réinventer ce monde pour que vous puissiez continuer à y vivre ? Comment pouvons-nous vous aider à l'investir, à le (re)construire ?

En tant que femme, je ne désire aucun pays, écrivait Virginia Woolf, *mon pays à moi, femme, c'est le monde entier.* C'était dans *Trois guinées*, essai sous forme de lettres où elle dénonçait le patriarcat et le fascisme au nom de la paix, sur le seuil d'une guerre à laquelle elle s'opposait de toutes ses forces. Une guerre qui, au bout du compte, l'a peut-être tuée.

C'est faire fausse route que de se demander : comment est-ce que je peux participer à sauver cette planète ? Il faut plutôt se demander : qui suis-je, et comment suis-je lié·e à ce qui est en train de se passer (Sarah Jaquette Ray) ? Mettre fin à la passivité cynique d'un « de toute façon, je n'y peux rien » parce que tout ça, ce qui se passe ici et ailleurs, partout et à chaque instant, tout ça nous appartient. Ça nous concerne intimement. L'avenir nous regarde en face, patiemment. Reste à nous présenter au rendez-vous qu'il a fixé pour nous il y a déjà trop longtemps.

Avril 2021. À l'occasion du Jour de la Terre, le *New York Times* publie un guide pour les enfants et aussi pour les autres sur les changements climatiques. L'écran défile, comme un film. À l'aide de dessins et de petits textes, on nous rappelle d'abord notre histoire collective, ce que le mode de vie humain a fait à la Terre au fil du temps, combien nous lui avons coûté, ce qui nous arrivera si rien n'est fait, ce qu'il faut faire pour s'en sortir. *Le problème qui se trouve devant nous*, écrit Julia Rosen, *ce n'est pas la science, ce sont les humains.* Ce jour-là, encore une fois, Greta Thunberg nous met en garde. On peut continuer à tricher, dit-elle, prétendre que les objectifs fixés par nos dirigeant·e·s correspondent à ce qui est nécessaire. Mais s'il est possible de mentir aux autres et même de se mentir à soi-même, il est impossible de duper la nature. En vérité, l'écart entre ce qu'il faut faire pour sauvegarder l'avenir et ce qui est fait par nos dirigeant·e·s est immense : *C'est le plus gros éléphant jamais entré dans une pièce.*

Avril 2021. C'est l'hécatombe en Inde. Tant de personnes meurent à cause de la pandémie que des cheminées de crématorium se fissurent et s'effondrent, que les fours fondent. Des milliers de bûchers sont allumés. On brûle les corps dans la rue, dans les jardins, dans les parcs, dans les stationnements.

Mai 2021. Devant le Congrès américain, Viola Fletcher, cent sept ans, témoigne du massacre raciste de Tulsa, le 1er juin 1921. Trois cents personnes noires sont mortes ce jour-là, et le quartier de Greenwood a été incendié. Viola Fletcher avait sept ans au moment des événements, et aujourd'hui elle demande que justice soit faite. Elle dit : *Je me souviens des hommes noirs qui se faisaient tirer dessus et des corps noirs gisant au sol. Je sens encore la fumée et je vois le feu. J'ai revécu ce massacre tous les jours de ma vie.*

Juin 2021. On fait la découverte de deux cent quinze corps d'enfants autochtones enterrés sur le terrain d'un ancien pensionnat à Kamloops, en Colombie-Britannique. Des enfants arraché·e·s à leurs parents, à leur langue, à leurs traditions, à leur culture, et qu'on a laissé·e·s mourir. Des enfants qui ont malgré tout résisté, parfois en mettant le feu aux murs qui les emprisonnaient, incendiant l'enfer lui-même. En 1948, devant le pensionnat Thunderchild en flammes, les enfants ont applaudi. Personne n'est mort ce soir-là, se souvient Jenny Spyglass (qui y a passé trois ans et demi) : ils et elles avaient gardé leurs vêtements pour dormir, le feu était planifié.

Les chevaux, malgré leur grande taille, sont des proies. C'est pour cette raison que les humain·e·s peuvent les monter. C'est pour cette raison aussi que d'aucun·e·s se sont permis, pendant longtemps, de les « briser » pour les soumettre, au lieu d'essayer de comprendre leur langage. Tout, chez les chevaux, les oreilles, le cou, la manière dont la tête se penche, les bruits de mâchoire et de langue, chaque mouvement est le signe qu'ils cherchent à repérer le danger.

Les chevaux sont des créatures hypervigilantes, comme toi, comme vous. Vous ne dramatisez pas, vous n'inventez rien, vous vous adaptez. Le jour où nous aurons compris que vous êtes des chevaux de feu, peut-être qu'alors nous saurons vraiment vous aider. C'est-à-dire vous aimer.

Je ne viendrai pas à bout de ma fascination. Je le sais : dorénavant et à jamais, ma pensée sera tournée vers ce qui brûle. Ma tête, mon cœur et mon âme en flammes. Il faut combattre le feu par le feu.

Si j'écrivais un roman de fin du monde, je crois qu'il ne finirait pas.

« Espoir ». Du latin *sperare* : attendre quelque chose comme devant se réaliser.

Un rêve. Je suis en train d'écrire et, penchée au-dessus de mon épaule pour voir mon écran, ta tête dans le creux de mon cou, lovée contre la mienne, tu me demandes si je travaille à un nouveau scénario de film.

Sans quitter l'écran des yeux, en appuyant ma tempe tendrement contre la tienne, je réponds : *C'est le feu que j'essaie de mettre au monde.*

La suite du monde est à vous, jeunes filles lumineuses, jeunes femmes téméraires et courageuses. La fin du monde est à vous. La fin du monde peut nous sauver.

Le printemps arrive. Dans la nuit encore froide, je nous imagine devant un immense feu de joie dans lequel nous lançons les bâtons qu'on nous a mis dans les roues, les empêcheurs de tourner en rond, les idées toutes faites, la langue de bois, les mots usés, les mensonges, les faussetés, les croyances et les peurs infondées, les préjugés, les haines et les cruautés. Que les flammes avalent tout ce qui détruit et que dans un lit de cendres on continue à tracer, encore et toujours, les contours de l'amour.

De l'amour, mon amour, jusqu'au bout de la vie et retour.

Octobre 2020-juin 2021

Sources et références

Livres

Giorgio Agamben, *Le Feu et le Récit*, Paris, Rivages, 2018.
Francesco Alberoni, *Le Choc amoureux*, Paris, Pocket, 1993.

Svetlana Alexievitch, *La Supplication*. Tchernobyl, chronique du monde après l'apocalypse, Paris, JC Lattès, 1998.

Günther Anders, *Hiroshima est partout*, Paris, Seuil, 2008.

Christine Angot, *Une partie du cœur*, Paris, Stock, 2006.

Didier Anzieu, *Le Moi-peau*, Paris, Dunod, 1995.

Margaret Atwood, *Eating Fire*, Londres, Virago, 1998.

Gaston Bachelard, *La Psychanalyse du feu*, Paris, Gallimard, 1985 [1938].

James Baldwin, *La Prochaine fois le feu*, Paris, Folio, 2018.

Roland Barthes, *Fragments d'un discours amoureux*, Paris, Seuil, 1977.

Marjolaine Beauchamp, *Fourrer le feu*, Montréal, L'Écrou, 2016.

Hélène (de) Billy et Jean-Paul Riopelle, *Montréal*, Éditions Art Global, 1996.

Houria Bouteldja, *Les Blancs, les Juifs et nous : Vers une politique de l'amour révolutionnaire*, Paris, La fabrique, 2016.

Robert Bringhurst et Jan Zwicky, *Learning to Die : Wisdom in the Age of Climate Crisis*, Regina, University of Regina Press, 2018.

Fanny Britt et Alexia Bürger, *Lysis*, Montréal, Atelier 10, 2020.

Gayatri Chakravorty Spivak, « Can the Subaltern Speak ? », dans Cary Nelson et Lawrence Grossberg (dir.), *Marxism and the Interpretation of Culture*, London, Macmillan, 1988.

Afua Cooper, *The Hanging of Angélique*, Athens, University of Georgia Press, 2006.

Jonathan Cott et Susan Sontag : *The Complete Rolling Stone Interview*, New Haven, Yale University Press, 2013.

Georges Didi-Huberman, *Survivance des lucioles*, Paris, Minuit, 2009.

Joan Didion, *We Tell Ourselves Stories in Order to Live*, New York, Knopf, 2006.

Anne Dufourmantelle, *Chroniques*, Paris, Rivages, 2020.

Anne Dufourmantelle, *L'Envers du feu*, Paris, Albin Michel, 2015.

Silvia Federici, *Par-delà les frontières du corps*, Montréal, Remue-ménage, 2020.

F. Scott Fitzgerald, *The Crack-Up*, New York, New Directions, 2009 [1945].

Jonathan Franzen, *Et si on arrêtait de faire semblant ?*, Paris, L'Olivier, 2020.

Huguette Gaulin, *Lecture en vélocipède*, Montréal, Les Herbes rouges, 2020 [1983].

Carol Gilligan, *Joining the Resistance*, Cambridge, Polity, 2011.

Jean Hegland, *Dans la forêt*, Paris, Gallmeister, 2017.

Sarah Jaquette Ray, *A Field Guide to Climate Anxiety*, Berkeley, University of California Press, 2020.

Anna Klumpke, *Rosa Bonheur, sa vie, son œuvre*. Texte intégral annoté, Kindle Editions, 2020.

Emmanuel Kreike, *Scorched Earth : Environmental Warfare as a Crime Against Humanity and Nature*, Princeton, Princeton University Press, 2021.

Édouard Louis, *Qui a tué mon père*, Paris, Seuil, 2018.

Édouard Louis et Ken Loach, *Dialogue sur l'art et la politique*, Paris, PUF/Humensis, 2021.

Catherine Malabou, *Changer de différence*, Paris, Galilée, 2009.

Andreas Malm, *How to Blow Up a Pipeline : Learning to Fight in a World on Fire*, New York, Verso, 2021.

Cormac McCarthy, *La Route*, Paris, L'Olivier, 2008.

Toni Morrison, (dir.), *Burn This Book*, New York, Harper, 2009.

Toni Morrison, *Toni Morrison : The Last Interview*, New York, Random House, 2020.

Timothy Morton, *Being Ecological*, Boston, MIT Press, 2019.

Benjamin Moser, *Sontag : Her Life and Work*, New York, Ecco, 2019.

Marie-Cécile Naves, *La démocratie féministe. Réinventer le pouvoir*, Paris, Calmann-Lévy, 2020.

Maggie Nelson, *Bleuets*, Paris, Éditions du sous-sol, 2019.

Sarah Maslin Nir, *Horse Crazy : The Story of a Woman and a World in Love with an Animal*, New York, Simon & Schuster, 2020.

Jenny Offill, *Dept. of Speculation*, New York, Knopf, 2014.

Susie Orbach, « Climate Sorrow », dans *This Is Not A Drill : An Extinction Rebellion Handbook*, New York, Random House, 2019.

Geneviève Pettersen, *La Déesse des mouches à feu*, Montréal, Quartanier, 2014.

Plutarque, « Traité d'Isis et d'Osiris », dans *Œuvres morales*, Tome V, trad. D. Richard, remacle.org/bloodwolf/historiens/Plutarque/isisetosiris1.htm

David Pogue, *How to Prepare for Climate Change: A Practical Guide to Surviving the Chaos*, New York, Simon & Schuster, 2021.

Claudia Rankine, *Citizen : ballade américaine*, Paris, L'Olivier, 2020.

Noémie Roy, *Parmi celles qui flambent*, Montréal, Les Herbes rouges, 2021.

Vita Sackville-West, *Saint Joan of Arc*, New York, Random House, 2018.

Gonzague Saint-Bris, *Rosa Bonheur. Liberté est son nom*, Montréal, Robert Laffont, 2012.

Roy Scranton, *We're Doomed. Now What ?*, New York, SoHo, 2018.

Rebecca Solnit, *A Paradise Built in Hell*, New York, Penguin, 2010.

Susan Sontag, *Journal : Tome 2, 1964-1980, La conscience attelée à la chair*, Paris, Christian Bourgois, 2013.

Susan Sontag, *Renaître : Journaux et carnets, 1947-1963*, Paris, Christian Bourgois, 2010.

Bernard Stiegler, *Qu'appelle-t-on panser ?*, Tome II, La leçon de Greta Thunberg, Paris, Les liens qui libèrent, 2020.

Laurent (de) Sutter, *Lettre à Greta Thunberg*, Paris, Seuil, 2020.

Greta Thunberg, *No One is Too Small to Make a Difference*, New York, Random House, 2020.

Greta Thunberg *et al.*, *Our House is on Fire : Scenes of a Family and a Planet in Crisis*, Londres, Random House, 2020.

Greta Thunberg, *Rejoignez-nous. #grevepourleclimat*, Paris, Kero, 2019.

Fred Vargas, *L'Humanité en péril*, Paris, Flammarion, 2019.

Virginia Woolf et Vita Sackville-West, *Correspondance 1923-1941*, Paris, Stock, 1985.

Joëlle Zask, *Quand la forêt brûle*, Paris, Premier Parallèle, 2019.

Joëlle Zask, *Zoocities*, Paris, Premier Parallèle, 2020.

Articles

« Les élèves ont applaudi à tout rompre quand leur pensionnat a brûlé », Radio-Canada, 26 novembre 2018.

Charles Coocoo, « Nitaskinan, le pays des Atikamekw », *La Presse*, 19 mars 2021.

Gilles Costaz, « Tchernobyl, une mort géniale », *Le Matin*, 4 juin 1986, pp. 2-3.

Carole David, « Huguette Gaulin, sœur de feu », *Le Devoir*, 13 février 2016.

Anne Dufourmantelle, « État de grâce contre état d'urgence », *Libération*, 21 janvier 2016.

Francis Dupuis-Déri, « Beau comme un pensionnat qui brûle au cœur d'une nuit d'hiver », *Ricochet*, 11 juin 2021.

Sophie Gaillard, « Qu'attend-on pour donner des droits aussi aux animaux ? », *La Presse*, 5 mars 2021.

Dave Gardetta, « The Burning Wind », *Los Angeles Magazine*, 1er novembre 2008.

Olivia Gauthier, « Chance and Agency : Carolee Schneemann's Use of Fire », *BOMB Magazine*, 7 février 2018.

Anya Kamenetz, « "You Need To Act Now" : Meet 4 Girls Working To Save The Warming World » (transcription), *NPR*, 19 janvier 2020.

Michel Leclerc, « L'intérêt de la nation au-dessus de son salut personnel », *La Presse*, 6 février 2021.

Sarah Maslin Nir, « To Break a Horse, and a Woman », *New York Times*, 2 août 2020.

Ezra David Romero, « The Racist Removal of Native Americans In California Is Often Missing From Wildfire Discussions, Experts Say », CapRadio, 16 septembre 2020.

Julia Rosen, « Bad Future, Better Future », *New York Times*, 18 avril 2021.

Michelle Ruiz, « AOC's Next Four Years », *Vanity Fair*, 28 octobre 2020.

Crispin Sartwell, « Humans Are Animals. Let's Get Over it », *New York Times*, 23 février 2021.

James Tapper, « Greta Thunberg's Mother Reveals Teenager's Troubled Childhood », *The Guardian*, 22 février 2020.

Matthew Taylor et Jessica Murray, « 'Overwhelming and Terrifying' : The Rise of Climate Anxiety », *The Guardian*, 10 février 2020.

Films et téléséries

Ammonite, Francis Lee, 2020.
Burn, Brenna Sanchez et Tom Putman, 2012.
The Burning Bed, Robert Greenwald, 1984.
Chernobyl, Craig Mazin, HBO, 2019.
Come and See, Elem Klimov, 1985.
La Guerre du feu, Jean-Jacques Annaud, 1982.
La Passion Béatrice, Bertrand Tavernier, 1987.
I Am Greta, Nathan Grossman, 2020.
Koyaanisqatsi, Godfrey Reggio, 1982.
Little Fires Everywhere, Liz Tigelaar, Hulu, 2020.
One Mother's Fire : The Gail Minger Story, Diana Nicolae, 2018.
Pieces of a Woman, Kornél Mundruczó, 2020.
Portrait de la jeune fille en feu, Céline Sciamma, 2019.
Suffragette, Sarah Gavron, 2015.
Thelma & Louise, Ridley Scott, 1991.
The Morning Show, Michael Ellenberg et Kerry Ehrin, Apple TV+, 2019.
This Is Us, Dan Fogelman, NBC, 2016-présent.
Years and Years, Russel T. Davies, Studio Canal, 2019.

Chansons

The Bangles, « Eternal Flame », 2001.
Dufourmantelle, Clara Ysé, « Mama », 2019.
Clara Luciani, « La Grenade », 2020.
Luc Plamondon, « Hymne à la beauté du monde », 1979.
Toxic Waste, « Pompier Pyromane », 2016.

Document

Principe de Joyce, Mémoire présenté par le Conseil des Atikamekw de Manawan et le Conseil de la Nation atikamekw, novembre 2020.

De la même autrice

Le monde est à toi, Les Avrils, 2022.
Serial Girls, Payot, 2022.
Le Boys club, Payot, 2021.
Je n'en ai jamais parlé à personne, Héliotrope, 2020.
Thelma, Louise & moi, Héliotrope, 2018.
Blanc dehors, Héliotrope, 2015.
Nan Goldin. Guerrière et Gorgone, Héliotrope, 2014.
Les cascadeurs de l'amour n'ont pas droit au doublage, Héliotrope, 2012.
Rose amer, Héliotrope, 2009.
C'est quand le bonheur ? Héliotrope, 2007.
Échographies, Vents d'Ouest, 2007.
Histoires de fantômes. Spectralité et témoignage dans les récits de femmes contemporains, PUM, 2005.
Ventriloquies (avec Catherine Mavrikakis), Leméac, 2003.
Femmes psychiatrisées, femmes rebelles. De l'étude de cas à la narration autobiographique, Les empêcheurs de penser en rond, 1998.

Les Avrils, une collection imaginée par
Sandrine Thévenet et Lola Nicolle.

Enthousiasmes littéraires

Conception graphique : Atelier 25.
Composition : Nord Compo.
Correction : Sophie Loubier.

Achevé d'imprimer par Corlet imprimeur
ISBN : 978-2-38311-006-4
N° d'impression : 21120664
Dépôt légal : mars 2022